あやかし桜

佐々木ひとみ／作
三上唯／絵

もくじ

装丁　野村義彦（LILAC）

ひとが桜《さくら》を見ているように、
桜もまた、ひとを見ている。

胸《むね》にある思いや願《ねが》いを、
ひとが桜に託《たく》すように、
桜もまた、ひとに託す。

ようこそ、あやかし桜《ざくら》の世界へ。

花の宴《えん》

木戸をくぐると、花の庭だった。

見あげれば、梅《うめ》、桃《もも》、桜《さくら》。そのむこうには、山茶花《さざんか》、山吹《やまぶき》、雪《ゆき》柳《やなぎ》。足もとには、百合《ゆり》、桔梗《ききょう》、りんどう。色とりどりの花たちが、春のおだやかな風に揺《ゆ》れている。

「きれい。……でも、ちょっとおかしくない？」

桜は春、百合は夏、桔梗は秋、山茶花は冬の花だ。

そして、今は春休みに入ったばかり。三月の終わりだ。

「ってことは、この庭の花は、季節《きせつ》を無視《むし》して咲《さ》いている？」

首をかしげながら、もう一度、じっくり見まわしてみようと足を踏《ふ》み出した、そのときだ。ポン！　と肩《かた》をたたかれた。

「ひゃっ！」と飛《と》びあがった瞬間《しゅんかん》、自分がこの庭に勝手に入りこんでいたことを思い出した。

「あなたはどなた？　どうやってここへお入りになったの？」

女の人の声。ふわりと、甘《あま》い香《かお》りもする。

おそるおそるふり返ると、おばあさんが立っていた。薄紅色《うすべにいろ》の着物を着て、白い髪《かみ》を市松人形《いちまつにんぎょう》のように肩《かた》の上で切りそろえている。

「勝手に入ったりして、ごめんなさい！」

覚悟《かくご》を決めて、頭を下げた。

「わたし、この街《まち》に引《ひ》っ越《こ》してきたときからこの家が気になっていて、お庭に入ってみたいと思っていたんです」

嘘《うそ》じゃない。先月、ママに連《つ》れられて、転校先の小学校に初《はじ》めて登校した日、黒い板塀《いたべい》で囲《かこ》まれたこの家を見かけた。塀《へい》の上から梢《こずえ》をのぞかせている大きな木。塀のすき間から見える花たち。通りかかるたびに、わくわくした。

「わたし、花や木が大好《す》きなんです。小さいころから、パパといっしょにいろんな庭を見て歩いていたので」

これも嘘ではない。パパはもういないというだけで。

パパはふたつの仕事を持っていた。ひとつは植木屋さん。おじいちゃんがやっていた花森造園《はなもりぞうえん》を手伝《てつだ》っていた。

もうひとつは樹木医《じゅもくい》、木のお医者さんだ。人間のお医者さんと同じように、病気になったり、元気をなくした木を診《み》て、必要《ひつよう》な手当てをしていた。「診てほしい」と頼《たの》まれると、パパはどんなに遠くでも出かけていった。たとえ自分が病《や》んでいても、ママがどんなに止めても、だ。

「木は人間のように『痛《いた》い』と言えない。庭や公園などに人間の都合《つごう》で植えた木は、最後《さいご》まで面倒《めんどう》を見てやらなきゃいけない。だれかが木の声を聞いてあげなきゃいけないんだ」

それがパパの口癖《くちぐせ》だった。

前の街《まち》では、暇《ひま》さえあればパパとふたりで街を歩きまわっていた。デジカメで写真を撮《と》ったり、花の名前や木の特徴《とくちょう》を教えてもらったりしながら。

そのパパが去年、亡《な》くなった。二月にママの会社に近いこの街《まち》に引《ひ》っ越《こ》してきてからは、パパからもらった図鑑《ずかん》を手に、ひとりで花や木を見て歩くようになった。今日もそうだ。

「春休みに入ったので、お庭を見せてもらえないかと思って来てみました。そしたら、白い大きな猫《ねこ》が現《あらわ》れて、木戸のすき間から中に入っていったんです。『いいなぁ』とつぶやいたら、猫がひょいっと顔を出して……」

「ニャア！　と鳴いたのね？」

おばあさんは微笑《ほほえ》んでいる。

「はい。まるで『お入り』と言っているみたいに」

「つまり、ボタンがあなたを招《まね》き入れたというわけね？」

「ボタン？」

首をかしげたら、おばあさんは「こちらの牡丹《ぼたん》よ」と言いながら、胸《むね》の前で両手を合わせ、ふわりと花の形に開いた。

「へえ、すてきな名前ですね」

「気難《きむずか》しい猫《ねこ》でね、気に入らない人間は絶対《ぜったい》に庭に入れたりしないのだけれど、あなたは特別《とくべつ》なようね。お名前は？」

「花森香《はなもりかおり》、深山《みやま》小学校の……四月から六年生になります」

「まあ」

と、おばあさんが目を見開いた。

「花森《はなもり》……香《かおり》さんというのね。いいお名前ね。花の庭にふさわしいお名前だわ。牡丹《ぼたん》が気に入るはずだわね」

(牡丹が？　それってどういう意味？)

ぽかんとするわたしに、おばあさんは微笑《ほほえ》みかけた。

「わたしは八重《やえ》。八重《やえ》桜《ざくら》の八重さんよ。これからお庭でお花見をするのだけど、香さんも、よかったらいっしょにいかが？」

(ラッキー！)と心の中でつぶやいて、

「ぜひ！」

と答えた。

庭の中は、おどろくほど静《しず》かだった。聞こえてくるのは、鳥の声と風の音だけ。車の音も、通りのざわめきも聞こえない。

パパがいたら、まちがいなく気に入りそうな庭だ。

八重《やえ》さんの背中《せなか》を追いかけながら、

（このままずっとここにいられたらなぁ）

と思った。

本当のことをいえば、まだ親しい友だちがいない学校も、ママとふたりきりのマンションの部屋も、あまり好《す》きではない。ときどき、息が詰《つ》まりそうになる。

（このままこの庭で、花や木に囲《かこ》まれて暮《く》らせたらいいのに）

思った瞬間《しゅんかん》、八重《やえ》さんがふり返った。

「ここが、気に入りましたか？」

ドキッとした。まるで、心の声が聞こえたみたいだ。

「は、はい。とても」と答えたら、

「よかった。長い間、待った甲斐《かい》があったわ」

つぶやいて、八重さんはまた歩き出した。

（八重さんて、なんだか不思議《ふしぎ》な人）

バッグを背負《せお》い直して、わたしもまた歩き出した。

しばらく歩くと、目の前が急に開けた。

「さあ、ここがこのお庭の中心よ。ここでお花見をするのよ」

八重《やえ》さんが指さした場所。そこは、見るからに特別《とくべつ》な場所だった。

芝生《しばふ》を敷《し》き詰《つ》めた広場の真ん中に大きな桜《さくら》の木があり、そのまわりをとり囲《かこ》むように、梅《うめ》や桃《もも》や牡丹《ぼたん》が植えられている。

しかし、何より目をひくのは、桜の下にちんまりと立っている着物を着たおばあさんたちだ。

「梅子《うめこ》さん、桃子《ももこ》さん、お客さまよ」

（へえ）と思った。どうやらこの屋敷《やしき》の人たちはみな、花の名前を持っているらしい。

「牡丹《ぼたん》がお招《まね》きしたのよ。花森香《はなもりかおり》さんとおっしゃるの。香さんは、このお庭でずっと暮《く》らしたいそうよ」

（あれ？　わたし、たしかに心の中では思ったけど、『ずっと暮らしたい』なんて、口に出して言ったっけ？）

考える間もなく、おばあ

さんたちに囲《かこ》まれてしまった。

「梅子《うめこ》です。お客さまなんて、何年ぶりかしら」

白い着物の梅子さんは、うれしそうにククと笑《わら》った。

「桃子《ももこ》です。ここはいいお庭よ。何年いても飽《あ》きないわ」

濃《こ》いピンク色の着物の桃子さんは、おっとり微笑《ほほえ》んだ。

「かわいらしいオモリサンだこと」

「お庭さんもきっと喜《よろこ》んでいるわ」

ふたりは、笑顔《えがお》でうなずき合っている。

「あの、オモリサンって……」

聞き返そうとしたら、八重《やえ》さんに肩《かた》をたたかれた。

「これからお花見の支度《したく》をします。少しお待ちいただいてもいいかしら？　その間、どうぞゆっくりお庭をご覧《らん》になって」

答えをはぐらかされたような気がしないでもないけれど、今は庭を見せてもらうことの方が大事だ。

「はい、ありがとうございます！」

お礼を言って、いそいそとデジタルカメラをとり出した。

白い花びらが、いい香《かお》りを漂《ただよ》わせている梅《うめ》の木。濃《こ》いピンク色の花を、枝《えだ》いっぱいにつけた桃《もも》の木。枝を四方八方《しほうはっぽう》にのばした、満開《まんかい》の桜《さくら》の木。純白《じゅんぱく》の花びらを幾重《いくえ》にも重ねた牡丹《ぼたん》。この庭の草木は、どれも生き生きとしている。

「みんな、とってもきれい。写真を撮《と》らせてもらいますね」

話しかけながら、わたしは夢中《むちゅう》でカメラのシャッターを押《お》し続《つづ》けた。パパがそうしていたみたいに。

「あれ？」

近づいてみると、桜《さくら》の木のごつごつした幹《みき》に空洞《くうどう》があった。穴《あな》はきれいに手入れされ、腐《くさ》ったりはしていないようだ。

「そうか、ちゃんと手当てしてもらったんだ。花もたくさんついているし、元気になってよかったですね」

すると、薄紅色《うすべにいろ》の花びらがひらひらと降《ふ》ってきた。舞《ま》い落ちる花びらとともに、声が聞こえた。
風にとけてしまいそうなほどかすかな……笑《わら》い声だ。
あわててカメラのファインダーから目を離《はな》すと、
「さすが、牡丹《ぼたん》がお招《まね》きした香《かおり》さんね」と声がした。
ふり返ると、いつのまに来たのか、八重《やえ》さんが立っていた。
「花たちが喜《よろこ》んでいるわ。いいオモリサンが来てくれたって」
（花が喜ぶ？　オモリサンが来てくれた？　どういうこと？）
首をかしげると、「知りたい？」と、八重さんが顔をのぞきこんできた。
（もしかして、八重さんは人の心が読める……とか？）

八重《やえ》さんの瞳《ひとみ》に、顔を引きつらせたわたしが映《うつ》っている。

ニヤリと笑《わら》うと、八重さんは咲《さ》き誇《ほこ》る桜《さくら》の木を見あげた。

「オモリサンというのはね、この庭の草木のお守《も》りをする人のことよ。牡丹《ぼたん》はね、お守りさんにふさわしい人間を選《えら》ぶ特別《とくべつ》な目を持っている猫《ねこ》なの」

そこで八重さんは言葉を切った。それから、ひとつうなずいて、こう続《つづ》けた。

「お守りさんはね、一生この庭で草木のお世話をするのよ」

「え、一生？　一生ですか？」

笑わない目で八重さんがうなずく。背筋《せすじ》が、ゾクッとした。

青ざめるわたしを見て、八重《やえ》さんがぷっと吹《ふ》き出した。

「なんてね。おどろいた？」

澄《す》ました顔をしているけど、あんがい冗談《じょうだん》が好《す》きらしい。

「もう、八重さんたら、ひどい！」

ぷんっとふくれたわたしに、

「さあ、お花見を始めますよ」

と微笑《ほほえ》みかけて、八重さんは歩き出した。


広場に戻《もど》ると、梅子《うめこ》さんが紅《あか》い敷《し》きものの上でお抹茶《まっちゃ》をたてているところだった。桃子《ももこ》さんは、お菓子《かし》の用意をしている。

八重さんが言う「お花見」は、公園で大人たちがしているものとは別《べつ》ものらしい。

うららかな春の日差《ひざ》しが、広場を照《て》らしている。やわらかな風が、いろいろな花の香《かお》りを運んでくる。優雅《ゆうが》にお茶の支度《したく》をする三人にカメラを向けながら、わたしは、

(お守《も》りさんになって、ここで一生暮《く》らすのも悪くないかも)

と思った。

「さあさあ、香《かおり》さんもこちらにお座《すわ》りになって」

楽しげな八重《やえ》さんにうながされておとなりに座ると、さっそく桃《もも》子《こ》さんがお茶とお菓子《かし》を運んできてくれた。

「お菓子《かし》をお出ししてから、お抹茶《まっちゃ》を出すのが正式なんだけど、今日はお祝《いわ》いだから特別《とくべつ》なの。お菓子とお抹茶をいっしょに味わった方が断然《だんぜん》おいしいんですもの」

そう言うと、桃子《ももこ》さんはいたずらっぽく微笑《ほほえ》んだ。

黒い茶碗《ちゃわん》に、お抹茶の緑が美しい。懐紙《かいし》にのせられた薄紅色《うすべにいろ》のお菓子は、桜《さくら》の花びらの形をしている。

「きれいでしょう？　玉橋屋《たまはしや》の『さくら糖《とう》』よ」

お茶の道具の前で、梅子《うめこ》さんが微笑んでいる。

「いただきます」

と礼をして、両手でお茶碗をとる。

気がつくと、三人が笑《え》みを浮《う》かべてわたしを見ている。

笑顔《えがお》を返して、口をつけようとしたところで思い出した。

「香《かおり》はパパに似《に》て、口のまわりに食べたものをつける癖《くせ》があるから、ものを食べるときは必《かなら》ずハンカチを用意すること」

ママの言いつけだ。

バッグからハンカチをとり出した瞬間《しゅんかん》、いつも持ち歩いている図鑑《ずかん》が落ちた。その拍子《ひょうし》に、栞《しおり》がわりにはさんでおいた写真がひらりとぬけ落ちた。パパが撮《と》った、お気に入りの写真だ。四方八方《しほうはっぽう》に枝《えだ》をのばした桜《さくら》が、うららかに咲《さ》いている。

拾いあげようとしたら、スッと横から手がのびてきた。

「これは、この写真は、どなたが？」

八重《やえ》さんだ。写真を持つ手が……ふるえてる？

「パパが撮《と》ったものです。パパは樹木医《じゅもくい》で、いつも自分が治療《ちりょう》した木の写真を撮って記録《きろく》していたんです。それは、パパが最後《さいご》に撮った写真なんです」

八重さんは、写真から目を離《はな》さない。

「パパは、この桜《さくら》がとっても気に入っていたようで、『もう一度この桜に会いたい』と何度も言ってました」

「お父さまは今、どちらに？」

「亡《な》くなりました。その写真を撮ったあと。……去年」

八重《やえ》さんが息をのむ。わたしは小さくため息をつく。

いつもこうだ。親しくなって、家族のことを聞かれて、「パパは亡《な》くなった」と言うと、必《かなら》ずこういう空気になる。それが嫌《いや》で、わたしは人と関《かか》わるのを避《さ》けるようになった。

重い空気を吹《ふ》き払《はら》おうと、改《あらた》めて茶碗《ちゃわん》に手をのばした。

「それでは、いただき……」

言い終わらないうちに、八重さんに手をつかまれた。

「飲んではいけない。帰れなくなる」

耳もとでささやくと、八重さんは青白い顔でわたしの手から茶碗をとりあげた。そしてそのまま投げ捨《す》てた。

割《わ》れた茶碗《ちゃわん》からこぼれた抹茶《まっちゃ》が、地面に吸《す》いこまれてゆく。

「八重《やえ》さん！」

「なんてことを！」

梅子《うめこ》さんと桃子《ももこ》さんが立ちあがる。

「せっかくお守《も》りさんが見つかったのに！」

「お守りさんがいなければ、このお庭はもう……」

なげくふたりに向かって、八重さんは静《しず》かに口を開いた。

「もう終わりにしましょう。わたしたち、少し長く生きすぎたわ。もう十分。この子をお守りさんにしても、この庭の運命を変《か》えることはできない。そう思わない？」

「ニャア！」

と答えたのは、牡丹《ぼたん》だった。

八重《やえ》さんの足もとに、ちょこんと座《すわ》っている。

「牡丹も、長い間ごくろうさまでした」

牡丹の額《ひたい》をなでると、八重さんがわたしに向き直った。

「ごめんなさいね、香《かおり》さん。お花見はおしまいです。もうすぐ日が暮《く》れますから、お帰りにならないと。……日が暮れたら、帰り道がなくなってしまいますからね」

何がなんだか、わからない。

うつむいていたら、目の前にパパの写真が差《さ》し出された。

「とってもすてきな写真ですね。あなたのお父さまに助けてもらったこの桜《さくら》は、きっと今でも感謝《かんしゃ》していると思いますよ」

割《わ》りきれない気持ちのまま受けとって、立ちあがった。

「あなたにお庭を見ていただけてよかったわ」

八重《やえ》さんはそう言うと、「最後《さいご》に」とそっとつけ加《くわ》えた。

木戸までは、八重さんが送ってくれた。

わたしは、

(この庭を出たくない)

(ずっとこの庭にいたい)

と強く思いながら歩いた。もしかしたら、八重さんが「そう」と受け止めてくれるかもしれないと思ったからだ。

でも、八重《やえ》さんは黙《だま》ったままだった。

木戸を出るとき、思いきって聞いてみた。

「また来てもいいですか？」

八重さんは、うっすらと微笑《ほほえ》んだだけだった。

そして、木戸は閉《と》じられた。

次の日、ママが仕事に出かけるのを待って、あの家に向かった。

前の晩《ばん》、こっそり出力した写真を持って。

――写真には、だれも写っていなかった。

ただ、咲《さ》き誇《ほこ》る花だけが写っていた。おどろいたのはそれだけではない。わたしが撮《と》った桜《さくら》は、パパの写真に写っていた桜とそっくりだった。枝《えだ》ぶりも、幹《みき》の空洞《くうどう》も、治療《ちりょう》のあとも。

「どういうこと？」

たどり着いた家の前で、わたしは再《ふたた》び息をのんだ。

板塀《いたべい》が消えていた。とり払《はら》われた塀《へい》のむこうでは、今まさに庭が失《うしな》われようとしていた。地面は乱暴《らんぼう》に掘《ほ》り返され、奥《おく》にとめられたトラックの荷台には、桜や梅《うめ》や桃《もも》が無造作《むぞうさ》に積《つ》みあげられている。

「あ、あの、この場所はどうなってしまうんですか？」

近くにいた作業員《さぎょういん》のおじさんに聞いてみた。

「一度更地《さらち》にして、マンションを建《た》てるって聞いてるけど」

「ここに住んでいたおばあさんたちは？」

「知らないな。ここは長いこと空《あ》き家《や》だったはずだけど」

わたしは、手の中の写真をにぎりしめた。――そのときだ。

ザッと風が吹《ふ》いてきた。トラックの荷台から、そして掘《ほ》り返された庭のあとから、無数《むすう》の花びらが舞《ま》いあがった。

花びらは命あるもののようにわたしのまわりをくるくるまわると、風に乗り、薄水色《うすみずいろ》の空の彼方《かなた》へ飛《と》んでいった。

わたしは今でも信《しん》じている。

四季《しき》の花がいっぺんに咲《さ》くあの庭がこの世のどこかにあることを。

そしてその庭では、三人のおばあさんと一匹《ぴき》の白猫《しろねこ》が、満開《まんかい》の桜《さくら》の下で花の宴《うたげ》に興《きょう》じていると。

その宴に再《ふたた》び招《まね》かれる日が来ることを信《しん》じて、わたしはパパと同じ道を歩もうと思っている。

さくら糖《とう》

すうっ。すうっ。すうっ。

うっすらと髭《ひげ》が生《は》えた口の端《はし》から、かすかな息の音がする。

「環太《かんた》、ほら」

おばあちゃんに背中《せなか》を押《お》されて、ぼくはぴーちゃんの枕《まくら》もとに近づく。

「ぴーちゃん」というのは、仙台弁《せんだいべん》で「ひいおじいさん・ひいおばあさん」のことだ。「おっぴさん」という言いかたもあるけど、ぼくんちでは「ぴーちゃん」と呼《よ》んでいる。

「環太、呼んでみて」

うなずいて、ぼくはぴーちゃんの耳もとに口を近づける。

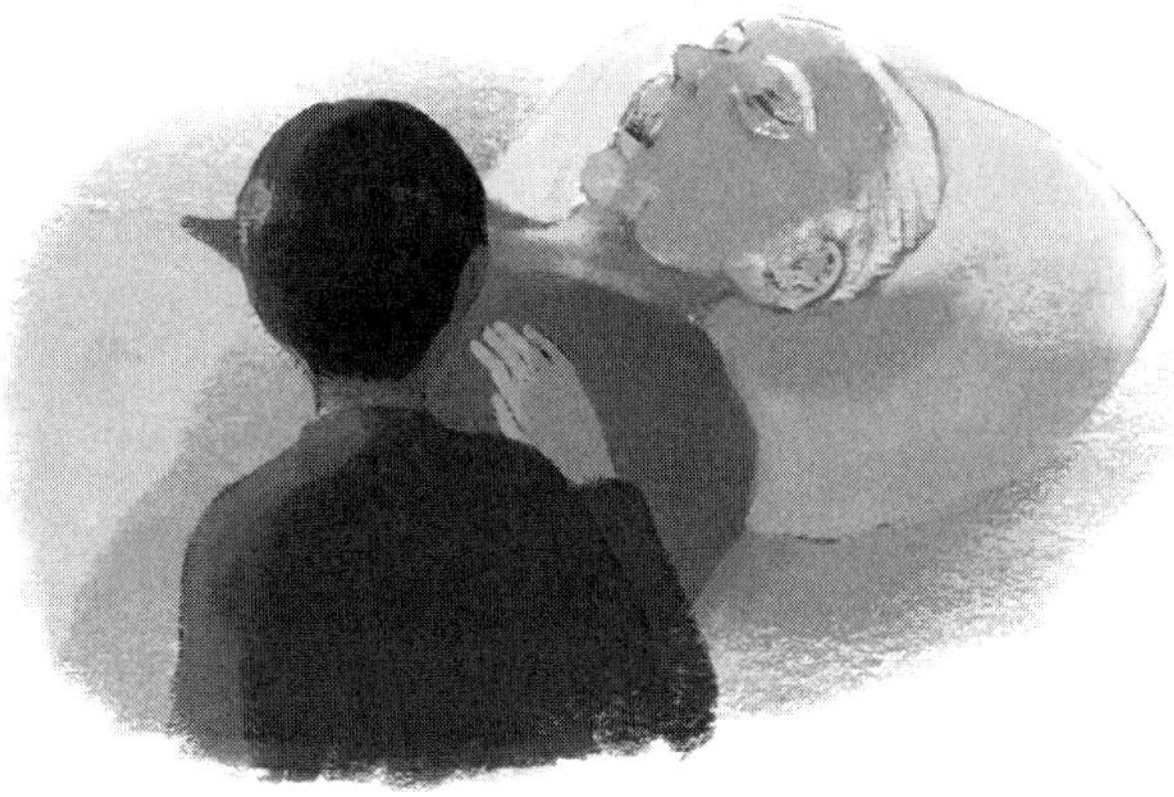

「ぴーちゃん！」

それからそっと様子《ようす》をうかがう。けれど、ぴーちゃんのまぶたは固《かた》く閉《と》じられたままで、ぴくりとも動かない。

すうっ。すうっ。すうっ。

力のない息の音が、病室の白い壁《かべ》に吸《す》いこまれてゆく。

ぴーちゃんが倒《たお》れてから一週間、昨日《きのう》、集中治療室《しゅうちゅうちりょうしつ》から一般病棟《いっぱんびょうとう》に移《うつ》されたというので、ようやくぼくも病室に入れてもらえることになった。

「おお、環太《かんた》かぁ。よく来たな！」って、迎《むか》えてもらえるかと思ったのに……。

「ぴーちゃん、眠《ねむ》ってるの？」

たずねると、おばあちゃんはベッドのむこうで首をふった。

「環太はもうすぐ六年生だから、正直に言うね。ぴーちゃんはね、救急車《きゅうきゅうしゃ》で運ばれたとき、本当に危《あぶ》なかったの。ぎりぎりで助かったのよ。でも、意識《いしき》は戻《もど》らなかった。もしかしたら、もう戻らないかもしれない」

「え、それって……」

ぼくは、ぴーちゃんの顔をまじまじと見つめた。

頬《ほお》がこけて、まぶたもすっかりへこんでしまっている。入れ歯をはずした口はしぼんで、昔ばなしに出てくるおじいさんみたいだ。

工房《こうぼう》に顔を出すと、「おお、環太《かんた》かぁ！」って、うれしそうにふり返ってくれたのが、遠い昔のことのようだ。

「だから環太、お願《ねが》い。なんでもいいから話しかけてみて。環太が話しかけたら、目を開けてくれるかもしれない」

「なんでもいいから、って言われても……」

ぴーちゃんは、和菓子職人《わがししょくにん》だ。九十歳《さい》を超《こ》えた今も現役《げんえき》で、おじいちゃんや父さんといっしょに和菓子をつくっている。

ぴーちゃんの店「玉橋屋《たまはしや》」は、ぼくんちのマンションのすぐ近くだから、去年までは毎日のように学校帰りに店に寄《よ》っていた。ぴーちゃんはぼくが行くと、上機嫌《じょうきげん》で迎《むか》えてくれて、お菓子《かし》のつくりかたを見せてくれた。試作品《しさくひん》のお菓子を食べさせてくれることもあった。

でも、五年生になって塾《じゅく》にかようようになってからは、毎日は行かなくなった。塾がない日は、ゲームもしたいし、友だちと遊ばなきゃならないし……。

「環太《かんた》は今日も来ないのか」

ぴーちゃんがさびしそうにしていると、母さんから聞かされたのは十日ほど前のこと。そのすぐあとだった、ぴーちゃんが倒《たお》れたのは。

「救急車《きゅうきゅうしゃ》で病院に運ばれた」「子どもは面会できない」って言われたときは、お腹《なか》がきゅーっと冷《つめ》たくなった。そして、(行けばよかった!)と後悔《こうかい》した。何度も、何度も。

「ぴーちゃん、環太《かんた》だよ」

もう一度声をかけてみる。

(会いに行かなくて、ごめんね)

と、心の中であやまりながら。

……ぴーちゃんの反応《はんのう》はない。

おばあちゃんは、ぼくとぴーちゃんを交互《こうご》に見ている。その目はぼくに、「もっと」「もっと声をかけて」と言っている。

「ぴーちゃん、環太《かんた》だよ」

「ぴーちゃん、環太だよ」

くり返しても、ぴーちゃんの目は開かない。体はたしかにここにあるけれど、魂《たましい》はどこかに行ってしまっているみたいだ。

「ぴーちゃん……」

もう一度呼《よ》びかけようとした、そのときだ。「失礼《しつれい》します」とお医者さんが病室に入ってきた。若《わか》い男の先生だ。

「村井《むらい》先生」

立ちあがったおばあちゃんに、先生は軽くうなずくと、「太吉《たきち》さーん」と声をかけながら、ぴーちゃんのベッドに近づいてきた。

「太吉さん、こんにちは。具合はいかがですか？」

おばあちゃんに場所をゆずられた先生が、ぴーちゃんの耳もとで大きな声で話しかける。

「太吉さん、今日はいいお天気ですよ」

反応《はんのう》はない。でも、かまわず先生は話し続《つづ》ける。

「もうすぐ桜《さくら》も咲《さ》きそうです。さくら糖《とう》の季節《きせつ》ですね。ぼく、あれが大好《す》きなんです」

え？　と思った。どうやら村井《むらい》先生は、玉橋屋《たまはしや》を知っているらしい。

ぴーちゃんは、伝統的《でんとうてき》な和菓子《わがし》だけじゃなく、新しい菓子づくりにもチャレンジしている。「さくら糖《とう》」は、桜《さくら》の花びらの形をした薄紅色《うすべにいろ》のはっか糖で、ぼくが生まれた年にぴーちゃんがつくって売り出した、玉橋屋《たまはしや》の人気商品だ。

ほのかな桜の香《かお》りとやさしい甘《あま》さ、はっかのひんやりとした味が口いっぱいに広がったかと思う間もなく、すーっととけていくのが特長《とくちょう》で、春、桜の季節《きせつ》にだけ売り出される。

さくら糖をつくれるのは、ぴーちゃんだけだ。つくりかたは、だれにも秘密《ひみつ》らしい。ぴーちゃんはさくら糖を売り出す時期になるといつも、「環太《かんた》にだけは教えてやる。だから、早く大きくなれ」と言ってくれていた。

「玉橋屋《たまはしや》の枝垂桜《しだれざくら》も、そろそろ咲《さ》くころではないですか？」

村井《むらい》先生は、笑顔《えがお》でぴーちゃんを見つめている。

「玉橋屋」は、この街《まち》で知らない人はいないくらいに有名だ。理由はふたつある。

ひとつは、明治時代《めいじじだい》に建《た》てられた建物《たてもの》が今も使われていること。

木造《もくぞう》二階建ての店の外観《がいかん》は黒一色で、一階の瓦屋根《かわらやね》の上には、「玉橋屋」と彫《ほ》られた看板《かんばん》がかかげられている。

古い暖簾《のれん》をくぐって入ると土間《どま》が広がり、年季《ねんき》の入った棚《たな》の上に、商品が並《なら》べられている。店のつくりや家具などは、すべて明治《めいじ》時代《じだい》に建《た》てられたときのままだ。

もうひとつは、樹齢《じゅれい》九十年あまりの枝垂桜《しだれざくら》だ。店の南側《みなみがわ》を流れる七郷堀《しちごうぼり》の堀端《ほりばた》にある桜《さくら》は、玉橋屋《たまはしや》の屋根と同じぐらいの高さしかないけれど、枝《えだ》ぶりは見事で、春、花が咲《さ》くと枝がまるで薄紅色《うすべにいろ》の滝《たき》のようになる。

古い建物《たてもの》とあざやかな枝垂桜。その組み合わせが絵になるというので、花の季節《きせつ》になると「玉橋屋の枝垂桜」は新聞やニュースでよくとりあげられている。

その人気をさらに高めているのが、ぴーちゃんのさくら糖《とう》だった。ニュースが流れるのを待って、遠くからわざわざさくら糖《とう》を買いに来る人もいるくらいだ。

「前に新聞で読みましたよ。あの桜《さくら》は、太吉《たきち》さんが生まれたときに植えられたものだそうですね」

――え？　そうなの？

ふり返ると、おばあちゃんが大きくうなずいている。

「玉橋屋《たまはしや》の枝垂桜《しだれざくら》も、太吉さんの帰りを待っているのではないでしょうか。早く元気になって、玉橋屋に帰らなければなりませんね」

村井《むらい》先生の力強い声が病室に響《ひび》く。

「ね、太吉さん？」

ぴーちゃんは、ぴくりとも動かない。

その顔をじっと見つめていた先生が、ふいにぴーちゃんの手をとった。そして、こうつぶやいた。

「タマヨビ　モウス。ミタマ、コウ、コウ！」

「え？」

声をあげた瞬間《しゅんかん》、先生の視線《しせん》がこっちに向いた。

「……君は、太吉《たきち》さんのお孫《まご》さん？」

「あ、いえ、あの、ひ孫です」

「そうか。今のは『タマヨビ』といって、魂《たましい》を体に呼《よ》び戻《もど》すときの呪文《じゅもん》なんだ」

「タマヨビ？」

「昔は、枕《まくら》もとや屋根の上、井戸に向かって名前を呼《よ》ぶと、体を離《はな》れた魂《たましい》が戻《もど》ってくると信《しん》じられていた」

「はぁ」

と、うなずいてはみたけれど、半信半疑《はんしんはんぎ》だ。

（お医者さんがそんな迷信《めいしん》を信じるって、どうなの？）

思った瞬間《しゅんかん》、先生はニヤッと笑《わら》った。

「迷信だと思うだろ？」

ぼくの心の声が聞こえたみたいだ。

「ところが、まったくの迷信というわけでもないんだ。最近《さいきん》、『意《い》識《しき》がない人でも耳だけは聞こえているらしい』とわかってきたからだ。状態《じょうたい》によっては、話しかけたり、体に触《ふ》れて刺激《しげき》を与《あた》えたりすることで、意識《いしき》が戻《もど》ることもあるんだ。ちなみに、タマヨビは、身内や親しい人ほど効果《こうか》があるといわれているんだよ」

先生の言葉に、おばあちゃんも大きくうなずいている。

「ぼく、やってみます。どうすればいいですか?」

「名前を呼《よ》ぶのもいいし、本人が『生きたい!』と思えるような、希望《きぼう》を抱《いだ》ける言葉をかけ続《つづ》けるのもいいと思うよ」

(ぴーちゃんが『生きたい!』と思えるような言葉?)

考えていたら「がんばれよ!」と、先生がぼくの肩《かた》をポンとたた

いた。それから、

「今年も玉橋屋《たまはしや》のさくら糖《とう》、食べたいからさ」

ニコッと笑《わら》うと、ぴーちゃんの手をにぎり、「太吉《たきち》さん、また来ますね」と言い残《のこ》して病室を出ていった。


その日の夕方、ぼくはひさしぶりに玉橋屋に行ってみた。

ぴーちゃんが倒《たお》れてからも、店はいつもどおりやっている。

「せっかく来てくれるお客さんに申《もう》し訳《わけ》ないからな。おやじもきっと、そうしろと言うはずだ」って、おじいちゃんが言ったからだ。

和菓子《わがし》をつくっているのは、おじいちゃんと父さん。店を切《き》り盛《も》りしているのは、おばあちゃんと母さん。でも今日は、母さんだけだ。ふたりは交替《こうたい》でぴーちゃんにつきそっている。

「環太《かんた》、どうしたの？　ひとり？」

店をのぞいたら、さっそく母さんに招《まね》き入れられた。

「おばあちゃんは？」

「もう少し病院にいるって。ぼくだけ先に帰ってきたんだ」

「そう。それで……」

母さんが口を開きかけたところで、カラカラと店の引き戸が開いた。

「いらっしゃいませ！」

反射的《はんしゃてき》に母さんが笑顔《えがお》を向けると、「こんにちは」と、いつも買いに来てくれる近所のおばさんが店に入ってきた。

「じゃあ、ぼく、先に帰ってるね」

「……え、ああ、気をつけて帰るのよ」

母さんはまだ何か聞きたそうだったけど、ぼくはさっさと店を出た。やらなきゃいけないことがあるんだ。


店を出たぼくは、中庭をぬけて店の南側《みなみがわ》に向かった。

玉橋屋《たまはしや》は、七郷堀《しちごうぼり》の堀端《ほりばた》に建《た》っている。店の庭と堀のわずかなすき間に、ぴーちゃんの枝垂桜《しだれざくら》はある。

つぼみはまだ固《かた》く、花は一輪《りん》も咲《さ》いていない。

ぼくは、桜《さくら》のごつごつした幹《みき》におでこをつけると、さっき覚《おぼ》えた呪文《じゅもん》をとなえた。

「タマヨビ　モウス。ミタマ、コウ、コウ！」

ぴーちゃんの魂《たましい》は病院にはいない。いるとしたら、たぶんここだ。

――そう思ったんだ。

桜の幹にもう一度おでこをあてて、深呼吸《しんこきゅう》した。そして、

「タマヨビ　モウス。ミタマ、コウ、コウ！」

呪文をとなえてから、ぼくはぴーちゃんに話しかけた。

「ぴーちゃん、戻《もど》ってきて」

耳を澄《す》ますが、答えはない。……でも、かまわない。

「もうすぐ桜《さくら》が咲《さ》くよ。さくら糖《とう》をつくってよ。みんながぴーちゃんのさくら糖を待ってるよ」

話してるうちに、胸《むね》が詰《つ》まってきた。

「ぴーちゃんがつくったさくら糖を、待ってる人がいるんだ」

何かが、胸の奥《おく》からこみあげてくる。それを、必死《ひっし》でのみこむ。

「ぼくも、もう一度さくら糖を食べたい。ちゃんと味わってみたいんだ。そして……できたらつくりかたを教えてほしい」

気づいたら、涙《なみだ》が流れていた。

「ぴーちゃんのさくら糖、玉橋屋《たまはしや》や玉橋屋の枝垂桜《しだれざくら》といっしょに、ずっとずっと守っていきたいんだ」

だめだ。涙《なみだ》が止まらない。鼻が詰《つ》まって息が苦しい。

「ぴーちゃん、お願《ねが》い……行かないで」

体中の力をふりしぼって、叫《さけ》んだ。

「戻《もど》ってきて！」

叫んだ瞬間《しゅんかん》、くらっと目まいがした。

風景《ふうけい》がゆっくりと傾《かし》いでゆく。

目の端《はし》で、玉橋屋《たまはしや》の扉《とびら》が開くのが見えた。中から、母さんが飛《と》び出してきた。

ぼくの名前を呼《よ》びながら、スローモーションのようにゆっくりとした動きで、母さんがかけ寄《よ》ってくる。その姿《すがた》が、白く霞《かす》んでゆく。すべてが真っ白になる瞬間《しゅんかん》、「環太《かんた》！」という声が聞こえた。母さんの声とはちがう、しわがれて、野太い声だった。

――二週間後。

玉橋屋《たまはしや》の桜《さくら》が満開《まんかい》を迎《むか》えた日、ぴーちゃんが帰ってきた。介護《かいご》タクシーから車椅子《くるまいす》のまま降《お》りたぴーちゃんは、前よりだいぶ痩《や》せちゃったけど、目に光が戻《もど》っている。

「ぴーちゃん！」

ぴーちゃんはぼくの目を見て、しっかりうなずいた。それから、ふるえる手で指さした。

「桜《さくら》だね？　ぼくが連《つ》れていってあげるね」

話しかけると、また「うんうん」とうなずいた。

「気をつけてね」

「ゆっくり押《お》すのよ」

おばあちゃんと母さんに「うん」と返事をして、車椅子《くるまいす》を押す。

そして、店の前を通りぬけ、滝《たき》のような枝《えだ》をくぐり、枝垂桜《しだれざくら》の根もと近くに行く。

見まわすと、まるで桜色《さくらいろ》のドームの中にいるみたいだ。

車椅子をそっと止めると、待ちかねたように、ぴーちゃんが桜の

枝《えだ》に手をのばした。そしてその一枝をつかむと、そっと額《ひたい》に押《お》しあてた。

「……ただいま」

そうつぶやくと、ぴーちゃんはぼくに向かって微笑《ほほえ》んだ。

タマヨビが本当に効《き》いたのかどうか、わからない。

わかっているのは、病室で

意識《いしき》が戻《もど》る直前、ぴーちゃんが「環太《かんた》!」と叫《さけ》んだということだけだ。

さくらもり

「もしもし、染井《そめい》くん？　あのね、お願《ねが》いがあるの。今からわたしの家に来れない？」

二月なかばの土曜日。おれは突然《とつぜん》の電話で呼《よ》び出された。相手は吉野《よしの》うららだった。なんて返事をしたのかは覚《おぼ》えていない。気がついたら、全速力でペダルをこいでいた。つまり、うららはそれくらい気になる存在《そんざい》だった。

五年生最後《さいご》の席替《せきが》えでとなりの席に決まったときは、幼《おさな》なじみの翔太《しょうた》に、「一樹《かずき》、ありったけの運を使いはたしたんじゃないか？」とからかわれたほどだ。

しかし、幸せは長くは続《つづ》かなかった。席替えからわずか二週間ほどで、うららは入院してしまったのだ。

もともと心臓《しんぞう》が弱かったのが、風邪《かぜ》で悪化したということだった。ここ数日は抵抗力《ていこうりょく》が落ちているとかで、仲《なか》のいい女子たちでもお見舞《みま》いに行けない日々が続《つづ》いていた。

そのうららから呼《よ》び出されたのだ。しかも「お願《ねが》いがあるの」だなんて！

自転車を右に左に傾《かたむ》けながら、おれは力いっぱいペダルをこいだ。

うららの家は「花見山《はなみやま》」と呼ばれる山の中腹《ちゅうふく》にある。代々植木屋をしているため、庭にも家のまわりにも木がいっぱいで、春になると山全体が色とりどりの花で埋《う》めつくされる。特《とく》に頂上付近《ちょうじょうふきん》は桜《さくら》がいっぱいで、遠くからでもお花見ができるから、「花見山《はなみやま》」だ。

ようやくたどり着いたうららの家は、時代劇《じだいげき》にでも出てきそうな大きな門に守られていた。扉《とびら》はかたく閉《と》ざされている。汗《あせ》をふき、息を整え、おれはとりあえず呼《よ》び鈴《りん》を押《お》した。……が、返事はない。

扉に耳を押しあてて中をうかがってみたが、人がいる気配もない。(どうしよう)と、考えていたそのときだ。

「……染井《そめい》くん?」

扉のむこうで、聞き覚《おぼ》えのある声がした。

「ちょっと待っててね」

ギギーッという音とともに扉が細く開いた。そのすき間から、するりと出てきた女の子。それは、おれが知っているうららとは、ちょっとちがっていた。長い髪《かみ》をきちんと結《ゆ》って、赤地に白い花びらを散《ち》らした振《ふ》り袖《そで》を着ていた。色白な顔はますます白く、大きな瞳《ひとみ》はいつにも増《ま》してうるんでいる。

「おまえ、体はもう大丈夫《だいじょうぶ》なのか？」

うんとも、ううんとも言わず、うららはあいまいに微笑《ほほえ》んだ。そして言った。

「じゃあ、行きましょうか」

「行くってどこへ？」

「桜《さくら》の森に連《つ》れていってほしいの」

「その格好《かっこう》でか？」

こくんとうなずいた。どうやらこれが「お願《ねが》い」だったらしい。

「ほんとはふたり乗りはいけないんだぞ。でも、ここはおまえんちの山だし。公道じゃないからな……。特別《とくべつ》に、乗せてやる」

できるだけつまらなそうに言って、おれはいそいそとサドルにまたがった。

「乗れよ」

うなずいて、うららは荷台にひらりと横乗りになった。おどろくほど軽い。まるで空気を乗せてるみたいだ。

一瞬《いっしゅん》の間のあと、ためらいがちな白い手がのびてきた。

「しっかりつかまっとけよ」

返事のかわりに、シャツの裾《すそ》がぎゅっとにぎりしめられた。

「染井《そめい》くんが来てくれてよかった……」

背中《せなか》でうららがつぶやいた。

「ひとりじゃさびしすぎるもん」

頂上《ちょうじょう》へと続《つづ》く道は、思ったよりなだらかだった。植木の間をぬうように走る細道を、おれはうららに風があたらないよう、できるだけゆっくり走った。しばらく行くと、背《せ》の高い灰色《はいいろ》の木立《こだち》が見えてきた。桜《さくら》の森だ。

「おまえ、ここで何をするつもりなんだ？」

「お花見をするの」

「お花見？　お花見ってまだ……」

二月だぞ、と言いかけたその瞬間《しゅんかん》、目の前で白い光がはじけた。よろめいて、思わずブレーキをかけた。再《ふた》び目を開けると、あたりは白く霞《かす》んでいた。霞《かすみ》？　いやちがう。

それは、一面霞んで見えるほどの、……桜だった。

満開《まんかい》の桜が、雪のように花びらを散《ち》らしている。その中を、いつのまに降《お》りたのか、うららが裾《すそ》をひるがえしながら歩いていく。

「ちょっと待てよ!」

自転車を投げ出し、追いかけた。病《や》みあがりにしては、うららの足はおどろくほど速く、ようやく追いついたのは一本の桜《さくら》の下だった。

噴水《ふんすい》のように空に向かってのびあがる太い幹《みき》、滝《たき》のように四方八《しほうはっ》方《ぽう》へと垂《た》れ下がる枝《えだ》。その枝先をおおう、幾千幾万《いくせんいくまん》の薄紅色《うすべにいろ》の花。

樹齢《じゅれい》百年はゆうに超《こ》えているだろう見事な桜を、うららは一心に見あげていた。

「きれいでしょ? こうしてるとわたし、おじいちゃんに守られているようで安心するんだよね」

少し赤みがさした頬《ほほ》に花びらが降《ふ》りかかる。

「おじいちゃんは桜《さくら》が好《す》きでね、わたしにうららっていう名前をつけてくれたのもおじいちゃんだったの。桜って『うららかに咲《さ》く』っていう意味の言葉がもとになっているんだって」

「おじいちゃん、亡《な》くなったのか？」

ほんの一瞬《いっしゅん》、うららの表情《ひょうじょう》がくもった。

「……染井《そめい》くん」

「うん？」

「だれにも言わないって約束《やくそく》できる？」

おそるおそる、うなずいた。

「おじいちゃんね、……ここにいるの」

そっと手をのばした。そして黒々とした幹《みき》をなでた。怖《こわ》いくらいにきれいな横顔。おれは金《かな》縛《しば》りにあったように動けなくなった。

「……なんてね。おどろいた？」

うららの笑顔《えがお》がもう少し遅《おそ》かったら、そのまま腰《こし》をぬかし

ていたにちがいない。

「少し歩こうか？　案内《あんない》してあげる。ここの桜《さくら》はみんなおじいちゃんが集めたんだよ」

怒《おこ》る間もなかった。あっけにとられているおれを尻目《しりめ》に、うららはさっさと歩き出した。

「この濃《こ》い紅色《べにいろ》は長州緋桜《ちょうしゅうひざくら》。あっちは花より葉っぱが先に出る山《やま》桜《ざくら》。この江戸彼岸桜《えどひがんざくら》は、別名《べつめい》『姥桜《うばざくら》』とも呼《よ》ばれているんだよ」

『いにしへ(え)の　奈良《なら》の都の　八重桜《やえざくら》』と歌に詠《よ》まれた奈良八重桜に、薄緑色《うすみどりいろ》がめずらしい鬱金《うこん》。次から次へと名前があがる。

競《きそ》い合うように咲《さ》いている花の群《む》れを、（まだ二月だろ？）の言葉をのみこんだまま、おれはただぼうぜんと眺《なが》めていた。

すると、突然《とつぜん》うららがふり返った。

「染井《そめい》くん、さくらもりって知ってる?」

「さくらもり?」

「桜《さくら》を守りながら、桜といっしょに生きる人のことだよ。『桜』を『守る』、から、『桜守《さくらもり》』。おじいちゃんはね、その桜守だったの。枯《か》れてしまった桜や火災《かさい》で燃《も》えてしまった桜を復活《ふっかつ》させたり、伐採《ばっさい》されそうになった貴重《きちょう》な桜を保護《ほご》したりしたんだ。……わたしもね、ずっと桜守になりたかったんだ」

「どうすればなれるんだ?」

「ほんものの桜守《さくらもり》は、なろうと思ってなれるわけじゃない。桜に選《えら》ばれるんだよ」

「桜に、……選ばれる？」

「そう。おじいちゃんが言ってた。『ほんものの桜守になれたかどうかは、生きている間はわからない。その人が亡《な》くなるとき、初《はじ》めてわかるんだ』って」

「どうやって？」

「大切にしていた桜が咲《さ》くんだって」

「おじいちゃんも？」

「うん。わたしが見つけたの。さっきの桜、八重紅枝垂桜《やえべにしだれざくら》っていうんだけど、今日みたいに咲《さ》いてた。まだ十二月だったんだけどね」

事もなげに言い放つと、うららは明るい口調《くちょう》でつぶやいた。

「あーあ、わたしもなりたかったなぁ、桜守《さくらもり》」

「なれるさ」

お世辞《せじ》ではない。本気でそう思った。

「おまえ、桜のことよく知ってるし、大人になるまでまだまだ時間はあるんだから、きっとなれるよ」

「うん」と、うららはうれしそうに、でも、どこかさびしげに微笑《ほほえ》んだ。

「もし桜守になれたら、わたしの桜、染井《そめい》くんが見つけてくれる？」

「まかせとけって、きっと見つけてやるよ」

言ってしまってから、あれ？　っと思った。

「ありがとう。そう言ってくれると思ってた」

大きな瞳《ひとみ》がまっすぐにおれを見た。ぐっと近づいた。と思った瞬《しゅん》間《かん》、頬《ほほ》がひやりとした。

「もう、行かなきゃ」

うららは身をひるがえし、木立《こだち》の中をかけ出した。「おう！」と答えておれも走り出した。

心臓《しんぞう》が、どうしようもなくバクバクしていた。

桜《さくら》の森から戻《もど》っても、家の門はやっぱり閉《と》じられたままだった。

「じゃあね」と自転車を降《お》りたうららに、おれはずっと心にひっかかっていた言葉を投げかけた。

「あのさ、なんで今日おれを誘《さそ》ったんだ？」

言いながら、耳の先まで熱《あつ》くなった。

「いちばん好《す》きな桜《さくら》の名前だったから」

「は？　それだけ？　桜の名前ってなんだよ？」

「さあ、なんでしょう？　それは秘密《ひみつ》です！」

冗談《じょうだん》めかした口調《くちょう》で言ったあと、

「約束《やくそく》、忘《わす》れないで。わたし、待ってるからね」

晴れやかに微笑《ほほえ》んで、うららは門の中へと消えていった。

翌朝《よくあさ》、おれは翔太《しょうた》からのメッセージで起こされた。

〈聞いたか？　昨日《きのう》、吉野《よしの》が……〉

あとは読まなかった。

自転車に飛《と》び乗り、家を飛び出した。

坂道を一気にあがりきれたら、もう一度うららに会える。

そう決めて、死《し》に物狂《ものぐる》いでペダルをこいだ。

けれど、期待はあっさり裏切《うらぎ》られた。

昨日あれほどかたく閉《と》ざされていた門が大きく開け放たれ、黒い服を着た大人たちが忙《いそが》しそうに出入りしていたのだ。

家の前を走りぬけ、おれはまっすぐ頂上《ちょうじょう》へ向かった。そこには、芽吹《めぶ》きの季節《きせつ》を待つ灰色《はいいろ》の森が広がっていた。もちろん、花なんか咲《さ》いちゃいなかった。ただ一本をのぞいては。

その桜《さくら》は、森の奥《おく》の陽《ひ》だまりにいた。まだ頼《たよ》りない幹《みき》からのばした枝《えだ》を、早春の空いっぱいに広げていた。枝先には淡《あわ》い薄紅色《うすべにいろ》の花。

――うららしい、華《はな》やかで清々《すがすが》しい花だ。

「染井吉野《そめいよしの》、……だろ？」

おれはゆうべ図鑑《ずかん》で見つけた名前で呼《よ》んでみた。

桜が、かすかに笑《わら》ったような気がした。

でれすけ桜《ざくら》

昔むかし、この町が深山村《みやまむら》と呼《よ》ばれていたころのこと。村はずれの地蔵堂《じぞうどう》の近くに、照助《てりすけ》という若者《わかもの》が暮《く》らしていた。

照助は、村いちばんの大きな農家の末《すえ》っ子《こ》だった。人一倍体が大きく、気がやさしい照助には、ひとつだけ困《こま》った癖《くせ》があった。

田植えをすれば、みんなが苗《なえ》を植え終えて次の田んぼに行ってしまっても、まだ一枚目《まいめ》の田んぼにいる。田んぼの真ん中で、ツイーッ、ツイーッと苗を植えている。

稲刈《いねか》りをすれば、みんなが稲を刈り終えて次の田んぼに行ってしまっても、やっぱり一枚目の田んぼにいる。田んぼの真ん中で、サクッ、サクッと稲を刈っている。

丁寧《ていねい》すぎて、何をするのも時間がかかるのだ。

「これ、照助《てりすけ》、早くしねえか！」

「そんなにのんびりやってたら、日が暮《く》れちまうぞ！」

親兄弟にしかられても、照助はただ「へへへ」と笑《わら》うばかり。

何をやらせてもその調子なので、村の人たちは照助を、こっそり「でれすけさま」と呼《よ》んでいた。「でれすけ」というのは、このあたりの言葉で「役に立たないもの」という意味だ。

照助が十七になった年の正月、父親も母親もすっかり年老《としお》いて、いちばん上の兄が一家の主《あるじ》になった。兄はこれを機《き》に、やっかいものの照助を家から出すことにした。

「いいか照助《てりすけ》、おまえはこれから村はずれにある小屋で暮《く》らすのだ。田畑の手伝《てつだ》いにかよってくれれば、食うものぐらいはなんとかしてやる」

照助は「へへへ」と笑《わら》うと、

「兄さまがそう言うなら、行ってみべぇ」

そう言って、「そんではお世話になりやした」と、かわいがっていた年寄《としよ》り猫《ねこ》のトラを連《つ》れて家を出た。

小屋は、集落からだいぶ離《はな》れた丘《おか》の中腹《ちゅうふく》にあった。丘のてっぺんには、お地蔵《じぞう》さまをまつった小さな地蔵堂《じぞうどう》があった。

「ああ、いいなあ。地蔵堂には桜《さくら》もある。地蔵堂の桜の近くに住めるとは、ありがてぇこった」

「地蔵堂《じぞうどう》の桜《さくら》」は、樹齢《じゅれい》三百年とも四百年ともいわれる大きな枝垂《しだれ》桜《ざくら》だ。大人三人がめいっぱい手をのばしてもまだあまるほど太い幹《みき》は、天に向かってのびあがり、四《し》方八方《ほうはっぽう》に枝《えだ》を垂《た》らしている。花の季節《きせつ》になると、お堂はすっぽりおおわれて、薄紅色《うすべにいろ》の霞《かすみ》がかかったように見えた。

この地蔵堂の桜には、人の目を楽しませるほかにも大切な役割《やくわり》が

あった。種蒔《たねま》きの時期を知らせるのだ。

春、丘《おか》のてっぺんにある桜《さくら》が一輪《りん》、また一輪と花をつけ始めると村の人たちは、「地蔵堂《じぞうどう》の桜が咲《さ》いたなぁ」「そろそろ種を蒔くべえか」と言って支度《したく》にとりかかる。

この村の人々は、畑仕事や稲作《いなさく》を始める時期の訪《おとず》れを、地蔵堂の桜の開花で知るのだった。

「近くに一軒《けん》の家もねえのがちっとばかりさびしいが、なあに、桜が咲いたらまた野良《のら》仕事が始まって、村はにぎやかになる。ああ、早く桜が咲かねえかなぁ」

小屋に移《うつ》った照助《てりすけ》は、陽《ひ》あたりのいい地蔵堂の桜の根方《ねかた》によりかかり、日がな一日、野を眺《なが》め、空を眺めしてすごすようになった。地蔵堂《じぞうどう》の前を通りかかった村の人たちは、照助《てりすけ》のそんな姿《すがた》を見かけるたびに「おらが村のでれすけさまは、今日もぼんやりしてござる」と笑《わら》い合った。

その日も照助は、地蔵堂の桜《さくら》の根方《ねかた》に座《すわ》りこみ、ぼんやり空を見あげていた。

「空の色がだいぶ明るくなってきたし、風もぬくくなってきた。そろそろ桜も咲《さ》くべかなぁ、トラよ」

照助の膝《ひざ》にくるんと丸まっていたトラは、ふわあとあくびで答えた。つられて照助も大あくび。そしてそのまま、うつらうつら眠《ねむ》りこんだ。

（おお寒《さ》みいっ！）

目《め》覚《ざ》めたときには、あたりはすっかり暗くなっていた。

とろりと深い闇《やみ》と、ぴんと張《は》り詰《つ》めた静《しず》けさがあたりを包《つつ》んでいる。

（だいぶ夜がふけてしまったようだな。東の山の端《は》が白みかけているってことは……夜明けが近いってことか。トラはどうしたべ？）

近くの草むらをうかがってみたが、トラの姿《すがた》はどこにもない。

（やれやれ、置《お》いてきぼりをくらっちまったわい）

へへっと笑《わら》って、起きあがろうとしたそのときだ。闇の中から、低《ひく》い話し声が聞こえてきた。

(こんな夜ふけに、だれだべか？　幹《みき》のむこう側《がわ》から聞こえてくるようだが……)

照助《てりすけ》はそっと体を起こし、桜《さくら》の幹のむこう側をうかがった。

「兄さま……兄さまとも今宵《こよい》かぎり」

若《わか》い女の声だ。

「闇《やみ》にまぎれて、お別《わか》れにまいりました」

ひっそりとした声が、かすかにふるえている。そんな女の声を、

「そのように気弱なことでなんとする！」

凛《りん》とした男の声がさえぎった。

どうやら声の主たちは、兄妹であるらしい。

（いってえ、だれだべ？）

照助《てりすけ》は、じっと耳をそばだてた。

「ああ、口惜《くちお》しい。社《やしろ》を建《た》て直すと言って職人《しょくにん》たちが置《お》いていったあの石さえなければ……」

妹がなげく。

「無念《むねん》じゃ。わが身に母上ほどの力があれば、すぐにでもそなたのもとへ飛《と》んでゆき、石など蹴散《けち》らしてやるものを……」

兄がうめく。

「兄さま」

「妹よ」

切ない声に、照助《てりすけ》の胸《むね》はしめつけられるようだった。

そのとき、闇《やみ》のむこうから鶏《にわとり》の鳴き声が聞こえてきた。

「ああもう夜が明ける。このままいっそ地蔵堂《じぞうどう》の兄さまのおそばで朽《く》ちはててしまいたい」

妹の声が、すすり泣《な》きに変《か》わる。

そんな妹を、「泣いてはならぬ！」と兄が制《せい》した。

「よいかお駒《こま》、われらは名高いお滝《たき》の子だ。いつ、いかなるときも誇《ほこ》り高くあらねばならぬ」

（お駒？　お滝？　はて、どこかで聞いたことがあるような……）

照助《てりすけ》は首をかしげた。

「万が一、そなたがこのまま朽《く》ちはてるようなことがあれば、この兄も、そなたとともに朽ちはてる覚悟《かくご》じゃ」

「兄さま、それは……」

「まあ聞け。われとて、黙《だま》って朽ちはてるつもりはない。このままではすませまいぞ。そなたの村とわが村と、ともに滅《ほろ》ぼしてしまうよう、母上に願《ねが》い出るつもりじゃ。長い年月、われらお滝《たき》の一族に守られ、支《ささ》えられてきた恩《おん》を忘《わす》れた人間どもに、目にものを見せてくれる！」

怒《いか》りをふくんだ兄の声が、びりびりと闇《やみ》をふるわす。

照助《てりすけ》はふるえあがった。

「ああ、兄さま、東の空が白んでまいりました」

「お駒《こま》……」

「お別《わか》れでございます」

「お駒!」

「兄さま!」

白々《しらじら》と明けてゆく空にふたりの声はとけてゆく。そしてそれきり気配が消えた。

(これはたいへんなことになった)

桜《さくら》の根方《ねかた》にへたりこんで、照助は考えた。

（いったいふたりは何者だ？　妹は今にも命が尽《つ》きそうだった。妹が死ねば、兄さまも死ぬ。その前に、村を滅《ほろ》ぼすと言っていたな）

考えているうちに、足もとがふわりとあたたかくなった。見れば いつのまに戻《もど》ったのか、トラが甘《あま》えた仕草で体をすり寄《よ》せている。

「おらを心配して、探《さが》しに来てくれただか？」

照助《てりすけ》はトラのやわらかな体を抱《だ》きあげた。朝露《あさつゆ》にぬれた毛並《けな》みは冷《つめ》たいが、腹《はら》のあたりはあたたかい。命を感じさせる温《ぬく》もりだ。

（村が滅ぼされるようなことは、あってはならねぇ）

ほうっとため息をついて、照助はまた考えこんだ。

（妹は『お駒《こま》』で、兄は『地蔵堂《じぞうどう》』。ふたりは『お滝《たき》の子』と言っていたな。お滝《たき》、お駒《こま》、地蔵堂《じぞうどう》……）

何気《なにげ》なく顔をあげた瞬間《しゅんかん》、地蔵堂の桜《さくら》の枝《えだ》が目に入った。

「桜……。そうか！」

照助《てりすけ》は、トラをそっと地面に下ろすと、

「ちょっくら行ってくる！」と言い置《お》いてかけ出した。

向かう先は、山ひとつ越《こ》えたとなり村の春駒神社《はるこまじんじゃ》だ。

（春駒神社の境内《けいだい》には、『駒桜《こまざくら》』という立派《りっぱ》な桜の木があったはず。

『お駒』とは、その駒桜のことではねえべか）

山道を急ぎながら、照助は考えた。

（駒桜も地蔵堂の桜も、『滝桜《たきざくら》』の子だと、小さいころ、ばあさま

に聞いた覚《おぼ》えがある）

深山村《みやまむら》から山を五つほど越《こ》えた村にある「滝桜《たきざくら》」は、樹齢《じゅれい》千年といわれ、この地を治《おさ》める領主《りょうしゅ》たちに代々大切にされてきた。周辺《しゅうへん》の村々には、鳥に運ばれた種《たね》が根づいた〝滝桜の子〟とされる木がいくつもある。なかでも特《とく》に見事なのが、地蔵堂《じぞうどう》の桜《さくら》と駒桜《こまざくら》だった。

「これが駒桜か」

息を切らし、春駒神社《はるこまじんじゃ》の境内《けいだい》にかけこむと、照助《てりすけ》は古い社《やしろ》を守るようにそびえ立つ桜にかけ寄《よ》った。

駒桜はすでに枯《か》れかけていた。幹《みき》は割《わ》れ、枝《えだ》は折《お》れ、もうすぐ春だというのにつぼみのひとつもつけていない。そしてその根もとには、新しく建《た》てられる社殿《しゃでん》の礎石《そせき》になるのだろう、大きな石が無造《むぞう》作《さ》に積《つ》みあげられている。

「つらかろうが、もう少しの辛抱《しんぼう》だ。今どけてやるでな」

そう語りかけると、ふた抱《かか》えはある大きな石に手をかけた。

「くうっ！」

ぐらりと動いたそれを抱えあげ、足を踏《ふ》み出す。

「うっ！」

石の重みが、腰《こし》にかかる。照助《てりすけ》は今にも倒《たお》れそうになりながら、じりじりと足を進め、境内《けいだい》のすみまで石を運んだ。

「それっ！」

ドスン！　と鈍《にぶ》い音を立てて石が転がる。

「よし、次だ」

ふたつ目の石は、力まかせに肩《かた》の上に担《かつ》ぎあげた。骨《ほね》がきしみ、石にすれた頬《ほほ》に血がにじんだ。

「なんだべ、あれは？」

日が傾《かたむ》きかけたころ、村人たちが神社の前を通りかかった。桜《さくら》の根もとにあった石は、もうあとひとつを残《のこ》すばかりになっている。

「おめえは、だれだ？　ここで何してるだ？」

答えるかわりに「へへへ」と笑《わら》うと、照助《てりすけ》は最後《さいご》の石に手をかけた。しかし、手は傷《きず》だらけ、足も腰《こし》も痛《いた》くて上手《うま》く持ちあがらない。

よろける照助に村人たちは、「でっかい図体《ずうたい》をして、とんだ弱っぴいな野郎《やろう》っこだ」と笑い合った。

村人たちが遠巻《とおま》きに見守るなか、それでもなんとか最後の力をふりしぼり、石を投げ捨《す》てた照助は、よろよろと桜《さくら》に歩み寄《よ》った。

「駒桜《こまざくら》さま、申《もう》し訳《わけ》ないことをいたしました。石をどけましたのでこれでどうか許《ゆる》してくんなせ。このとおりでがす」

心の中で語りかけ、頭を下げていると、背中《せなか》で「思い出したぞ！」と村人のひとりが声をあげた。

「ありゃあ、深山村《みやまむら》の『でれすけさま』だ！」

「でれすけさま？」

「でれすけさまか！」

ふり返った照助《てりすけ》は、「へへへ」と笑《わら》って神社をあとにした。

次の日の朝、照助を見つけたのは、トラだった。

照助は、地蔵堂《じぞうどう》の桜《さくら》の根もとにいた。着物はぼろぼろ、髪《かみ》は乱《みだ》れ、体中傷《きず》だらけで、幹《みき》にもたれて目を閉《と》じている。

トラはそっと近づくと、だらりと垂《た》れた指先を鼻でつついた。

いつもならすぐに目覚《めざ》めて、「よしよしトラか」と抱《だ》きあげてくれるところだ。

しかし、今朝《けさ》は少し様子《ようす》がちがう。――目覚《めざ》めない。

どうしたものかとトラは照助《てりすけ》のまわりをうろうろした。そのときだ。

「ほい、見ろや!」

大きな声があがった。田んぼに向かう村の人たちが、地蔵堂《じぞうどう》の前を通りかかったのだ。

「おてんとうさまも高いっちゅうに、おらが村のでれすけさまは、桜《さくら》の根方《ねかた》でまだ寝《ね》てござる」

「のんきでいいこだなぁ」

「ほんになぁ」

げらげら笑《わら》いながら、通りすぎていった。

それでも照助《てりすけ》は目を覚《さ》まさない。口もとにうっすらと笑《え》みを浮《う》かべたまま、桜《さくら》の幹《みき》にもたれている。

首をかしげたトラの前に、白いものが舞《ま》い降《お》りてきた。見あげると、お堂《どう》をおおう枝《えだ》という枝に、薄紅色《うすべにいろ》の花が揺《ゆ》れている。いつのまに咲《さ》いたのか、地蔵堂《じぞうどう》の桜は満開《まんかい》となり、ひらひらと花びらを降《ふ》らせていた。

トラはふわあとあくびをすると、照助の膝《ひざ》の上に飛《と》び乗った。照助の体はすっかり冷《つめ》たくなっている。

くるりと丸くなって、トラも目を閉《と》じる。照助が目を覚ますのを、気長に待つことにしたのだ。

うつらうつら眠《ねむ》りに落ちたトラは、不思議《ふしぎ》な夢《ゆめ》を見た。

――どこかの神社の夢だ。

境内《けいだい》にある大きな桜《さくら》が、ほがらかに咲《さ》いている。

その下に、照助《てりすけ》がいる。桜がひらひらと花びらを降《ふ》らすのを、うれしそうに眺《なが》めている。

（桜が、笑《わら》ってるみてえだ）

と、トラは思った。

駒桜《こまざくら》はその後、勢《いきお》いをとり戻《もど》し、毎年花を咲かせるようになった。

そして、だれ言うともなく「でれすけ桜《ざくら》」と呼ばれるようになった。

春を呼《よ》ぶ手紙

月曜日、塾《じゅく》から戻《もど》ると、手紙が届《とど》いていた。

「これなんだけど……」

カレーの香《かお》りが漂《ただよ》うキッチンから出てくると、母さんはテーブルにクリーム色の封筒《ふうとう》を置《お》いた。

表にはきちんとした字で、「森山海斗《もりやまかいと》さま」と書いてある。

「だれから？」

手にとって、ひっくり返してみる。差出人《さしだしにん》の名前は……ない。

「海斗、心あたりは？」

首をふった。転校するとき、だれにもここの住所を教えなかった。

「だれだかわからないけど、この人、ここまで来て、手紙をポストに入れていったのよ。なんだか気味が悪いわ」

母さんが、眉《まゆ》をひそめる。この手紙をぼくに読ませていいものかどうか迷《まよ》っているのがわかる。一年前なら、「お父さんに相談《そうだん》してみましょう」で終わったはずだ。でも、今のぼくたちはなんでもふたりで解決《かいけつ》しなければならない。

「ぼく、読んでみるよ」

「でも……」

「五年二組のだれかのいたずらかもしれないから」

これはウソ。深山《みやま》小学校に転校してから二か月になるけど、ぼくにはまだ、そんな楽しいいたずらをしかけてくれる友だちはいない。

「こういういたずら、今、クラスではやってるんだ」

「そうなの?」

母さんが、ようやく眉根《まゆね》を開いた。

「内容《ないよう》はあとでちゃんと教えるから」と約束《やくそく》して、手紙を手に自分の部屋へと向かう。封筒《ふうとう》から、甘《あま》い香《かお》りが立ちのぼった。

「さて……と」

机《つくえ》の前に座《すわ》ったぼくは、封筒をまじまじと見つめた。

——いやな手紙だったらどうしよう。……あのときみたいに。

あれは、半年前のことだった。その手紙は母さん宛《あて》で、差出人《さしだしにん》は父さんの会社の人……女の人だった。

「なにかしら？」

首をかしげながら封筒《ふうとう》を開けた母さんは、手紙を読むなり青ざめた。その日から、ぼくの家は変《か》わってしまった。父さんが家に帰ってこなくなって、母さんもぼくもあまり笑《わら》わなくなった。

結局《けっきょく》、その手紙が原因《げんいん》で、ぼくと母さんは家を出て、ふたりだけでこの町で暮《く》らすことになったんだ。

もう二度とあんな思いはしたくない。この手紙がどんな手紙であれ、母さんに開けさせるわけにはいかない。

「よし！」と気合いを入れて、封筒にはさみを入れた。

便《びん》せんをとり出そうとした、そのときだ。何かがひらひらとこぼれ落ちた。白っぽくて小さな……花びら？

「なんの花びらだろう？」

不思議《ふしぎ》なのは、花びらがちっとも痛《いた》んでいないということだ。つ
いさっき封筒《ふうとう》に入れたみたいに、みずみずしい。

ぼくは、ドキドキしながら便《びん》せんを開いた。

「え？」

クリーム色の便せんは、ほぼ白紙だった。真ん中に、たった三文
字、「さくら」と書いてあるだけだ。

これは、花びらの説明《せつめい》だろうか？　それとも差出人《さしだしにん》の名前？

頭の中に、ぼくが知っている「さくら」情報《じょうほう》が浮《う》かんでくる。

「さくら」は日本を代表する花で、公園や校庭、神社の境内《けいだい》によく植えられている。毎年春になると「開花予想」に始まって、「開花宣言《せんげん》」「桜前線《さくらぜんせん》」がニュースになるよね。

あちこちに名所があって、花の時期は観光客《かんこうきゃく》や花見客でにぎわう。

「さくら」という名前もある。幼稚園《ようちえん》のときの先生、おばあちゃんの家の猫《ねこ》がそうだった。そうだ、父さんが好《す》きだった映画《えいが》に出てくるしっかり者の妹の名前も「さくら」だったっけ。

歌もある。春になるとよく耳にする、お琴《こと》の「さくらさくら」。それから、合唱《がっしょう》や卒業式《そつぎょうしき》で歌われる「さくら」という歌もあった。

うーん。いろいろある。ありすぎて、よくわからない。

いったいだれが、なんのためにこんな手紙をよこしたんだろう？

「ふうん。『さくら』ねぇ。どういうことかしら？」

キッチンにいた母さんは、とりあえず心配していたような手紙ではなかったことにホッとしたのか、ニコッと笑《わら》うと、

「ただひとつだけはっきりしていることは、今はまだ一月で、さくらの季節《きせつ》ではないいってことね」

言いながら、カレーの鍋《なべ》に、隠《かく》し味《あじ》のバターをぽとりと落とした。

おたまでくるりとひとまぜすると、家中に漂《ただよ》っていたスパイシーな香《かお》りが、ふわっとまろやかな香りに変《か》わった。

次の日、ぼくは学校に「さくら」の手紙を持っていった。どうせ休み時間も昼休みもひとりぼっちだから、考える時間はたっぷりある。いい暇《ひま》つぶしになると思ったんだ。

仲間《なかま》はずれにされているわけじゃない。転校したその日から〝話しかけないでオーラ〟を放ち続《つづ》けた結果《けっか》こうなっただけだ。それには理由がある。急に引《ひ》っ越《こ》したり、転校することになって、すっかり疲《つか》れてしまったんだ。新しい友だちをつくる元気もないくらいに。

転校するとき、ぼくは考えた。春を待とう、って。春になるころには、きっと元気になるはずだ。今はただ冬眠《とうみん》中のカエルみたいにじっとしていて、春になったらまた新しく始めよう、って。

休み時間はトイレか自分の席《せき》、昼休みは図書室がぼくの居場所《いばしょ》だ。四階にある図書室は静《しず》かで、いつもほとんど人がいない。貸《か》し出《だ》しカウンターに図書委員がふたり、置物《おきもの》のように座《すわ》っているだけだ。

「さてと」

今日もまた窓際《まどぎわ》の席に陣取《じんど》ると、ぼくは手紙をとり出した。

花びらはすっかり干《ひ》からびていたが、封筒《ふうとう》の香《かお》りはまだ残《のこ》っている。ほのかな香りに包《つつ》まれながら、ぼくは改《あらた》めて「さくら」の意味について考えてみることにした。すると、

「も・り・や・ま・くん！」

背中《せなか》から、いきなり声が降《ふ》ってきた。

ふり返ると、担任《たんにん》の春野《はるの》先生がニコニコしながら立っている。

「その封筒《ふうとう》、ちょっと見てもいい？」

おどろきすぎて、思わず「はい」とうなずいてしまった。

先生は封筒を手にとると、そのまま鼻先に持っていった。

「うん、やっぱりそう。……これ、さくらの香《かお》りだよね」

固《かた》まっているぼくにはおかまいなしに、うなずいている。

「昔の人は大切な手紙に、こんなふうに香りをつけたものだそうよ。大切な手紙というのは、ラブレターだったりするんだけどね」

心臓《しんぞう》が、ドキン！　と高鳴った。

「森山《もりやま》くんの席《せき》を通りかかるたびに、ふわっといい香りがするから気になっていたの。はい、これでわたしの疑問《ぎもん》は解決《かいけつ》!」

いたずらっぽく笑《わら》うと、先生は「すてきな手紙ね」と返してくれた。それから図書委員に「ごくろうさま」と声をかけて出ていった。

あっというまの出来事だった。

それにしても……さくらの香《かお》り? ラブレター?

なぞは、ますます深まった。

塾《じゅく》から戻《もど》ると、また手紙が届《とど》いていた。

午前中はなかったというから、母さんがパン屋のパートに出ている午後一時から午

後六時までの間にポストに入れられたらしい。

中身は昨日《きのう》と同じ、「さくら」と書かれた便《びん》せんと花びらだけだ。

「本当に、だれなのかしら？　何が言いたいのかしら？」

春野《はるの》先生が言ったことは、母さんには内緒《ないしょ》にしておくことにした。

手紙は次の日も、その次の日も入っていた。

塾《じゅく》がない木曜日、急いで帰ってポストを見張《みは》ろうとしたけど、上手《うま》くいかなかった。学級日誌《がっきゅうにっし》を届《とど》けに行ったら、春野先生に「この町にはもう慣《な》れた？」「深山公園《みやまこうえん》には行った？」「春駒神社《はるこまじんじゃ》には？」なんて話しかけられて、学校を出るのが遅《おそ》くなってしまったのだ。

家に着いたときにはすでに、ポストに手紙が入れられていた。

なんの手がかりもないまま金曜日になった。昼休みに図書室で「さくら」の手紙を見つめていたら、むしょうに腹《はら》が立ってきた。

「いったい何が目的《もくてき》なんだ？　ヒントぐらいくれよ！」

心の中でつぶやいたつもりが、声が出ていたらしい。視線《しせん》を感じてふり返ると、図書委員のふたりがあわてて顔をふせるのが見えた。

そっとため息をついて、「こいつめ！」とぼくは手紙を指ではじいた。

——願《ねが》いは、通じたらしい。

塾《じゅく》から戻《もど》ると、これまでとはちがう手紙が入っていたんだ。

「さくらさくら」と、「さくら」がひとつ増《ふ》えていた。

母さんに言うと、「『さくらさくら』かあ」とつぶやいて、歌い出した。

♪さくらさくら　野山も里も　見わたすかぎり

ひさしぶりに聞く、母さんの歌。高校時代、合唱部《がっしょうぶ》だったという母さんの声は、すきとおったきれいなソプラノだ。

「この歌にはね、二番もあるのよ。ちょっと難《むずか》しいけど、とってもすてきな歌詞《かし》なの」

すうっと姿勢《しせい》を正すと、母さんは再《ふたた》び歌い出した。

♪さくらさくら　弥生《やよい》の空は……

「あっ！」と母さん。「あーっ！」と、ぼく。

「弥生だ！」

「弥生《やよい》さんだ！」

ぼくらは顔を見合わせた。

弥生さんは母さんの幼《おさな》なじみだ。幼稚園《ようちえん》から高校までいっしょで、高校では同じ合唱部《がっしょうぶ》だったらしい。前はよく遊びに来てくれていたんだけど、ぼくが小学二年生のとき、「フラワーアレンジメントの勉強をする」と言って、イギリスに行って……。

「日本に戻《もど》ったら、フラワーショップを開くって言ってたけど」

母さんはスマホをとり出すと、「番号が変《か》わっていませんように」と祈《いの》りながら、電話をかけた。

――電話はすぐにつながった。

「……弥生《やよい》？」

母さんがふるえる声で呼《よ》びかけると、スマホのむこうから「やだ、やっと気がついたの？　遅《おそ》すぎーっ！」と明るい声が聞こえてきた。

ビンゴだったらしい。

泣《な》いたり、笑《わら》ったりしながら、母さんは弥生さんと話しこんだ。


ピンポーン。

日曜日、約束《やくそく》の午前十一時に、玄関《げんかん》のチャイムが鳴った。

母さんがドアを開けると、

「ひさしぶり、元気？」

黒いパンツスーツに身を包《つつ》んだ、笑顔《えがお》の弥生《やよい》さんが立っていた。

あれ？　弥生さんの後ろにもうひとりいる。女の子だ。

……この子は？

気づいた弥生さんが、女の子の肩《かた》に手を置《お》いて前に押《お》し出した。

「姪《めい》のかすみです。広田《ひろた》かすみ。海斗《かいと》くんと同じクラス……だよね？」

広田さんが小さくうなずくと、弥生さんは、

「さあ、お立合い！　この子、あるときは海斗くんのクラスメイト、またあるときは深山《みやま》小学校の図書委員！　そしてその正体《しょうたい》は……」

芝居《しばい》がかった仕草で、ぼくと母さんをじっと見つめた。

それからニッと笑《わら》って、「なぞの手紙の配達人《はいたつにん》!」と叫《さけ》んだ。

「えーっ!」「えーっ!」

玄関《げんかん》に、ぼくと母さんの声がこだました。

つまり、こういうことだった。

十二月にイギリスから戻《もど》り、人づてにぼくらが父さんの家を出たことを聞いた弥生《やよい》さんは、母さんからの連絡《れんらく》を待った。ところが、いくら待っても連絡は来ない。しびれを切らした弥生さんは、母さんの実家に連絡してここの住所をつき止めた。つい半月前のことだ。

気づけばこの町は弥生さんのお姉さん一家が住んでいる町で、しかも姪《めい》はぼくと同い年で、同じクラスだったというわけ。

さあ、ここからが弥生《やよい》さんらしいところだ。

テーブルに紅茶《こうちゃ》のカップを置《お》くと、弥生さんはまくし立てた。

「大事なときに連絡もくれない幼《おさな》なじみに連絡するんだもの、ふつうにするのはシャクじゃない？　ちょっとおどろかしてやろうと思ったの。で、『さくら』の手紙を思いついたってわけ」

「季節《きせつ》はずれすぎて、さっぱりわからなかったわよ」

母さんが文句《もんく》を言うと、「日本には『啓翁桜《けいおうざくら》』という冬に咲《さ》く桜《さくら》があるのですよ」と、弥生さんは涼《すず》しい顔だ。

「じゃあ、どうして母さん宛《あて》じゃなくて、ぼく宛だったの？」

これが今日、いちばん知りたいことだった。母さん宛の手紙だったら、もっと早くなぞがとけたかもしれないのに。

「それはさ……」

弥生《やよい》さんは、広田《ひろた》さんをちらりと見た。それから、ぼくを見た。

「海斗《かいと》くん、いつも学校でひとりぼっちなんだよね？」

「えっ？」と声をあげたのは母さんだ。「どういうこと？」とうろたえる母さんを「まあまあ」と制《せい》して、弥生さんは続《つづ》けた。

「別《べつ》にいじめられているとかじゃなくて、積極的《せっきょくてき》に友だちをつくろうとしていないだけなんだよね？　ね、そうなんでしょう？」

言いあてられて、顔が熱《あつ》くなる。

「それを聞いてわたし、ちょっとおせっかいをしたくなったの。海斗くんをドキドキさせてあげたいなって。それで、この子なの」

ティーカップを見つめている、広田《ひろた》さんの肩《かた》をチョンとつついた。

「この子も、『海斗《かいと》くんのことが気になってた』って言うから」

「まあ！」と声をあげて、母さんは広田さんを見つめた。

「海斗のことを気にかけてくれて、ありがとう。それにしても、たいへんだったでしょう？　五日間、毎日手紙を届《とど》けてくれたのは」

「えっ？」と声をあげたのは、弥生《やよい》さんだ。

「手紙に、さくらの香《かお》りまでつけて届《とど》けてくれたのよね？」

「ええーっ？」と、すっとんきょうな声がリビングに響《ひび》く。

「わたし、毎日なんて頼《たの》んでない。一度だけよ。それに、花の香りって何？『花びらを入れてね』って、啓翁桜《けいおうざくら》の枝《えだ》を渡《わた》したのはたしかだけど。手紙に香《かお》りって、それじゃあまるでラブ……」

弥生《やよい》さんと母さんの視線《しせん》が、広田《ひろた》さんにそそがれる。

広田さんは真っ赤になってうつむいてる。ぼくの顔も赤くなる。

ヒューーッ！　とひとつ口笛《くちぶえ》を吹《ふ》いて、弥生さんが歌い出す。

♪かすみか雲か　匂《にお》いぞ出《い》ずる

力強いアルトの声。そこに、母さんのソプラノが重なる。

♪いざや　いざや　見にゆかん

「なるほど、なるほど。これはかすみの作戦勝ちね」

あははと弥生さんが楽しそうに笑《わら》う。つられて母さんも笑い出した。ぼくも笑《わら》った。……広田《ひろた》さんも。
この町に来てから、こんなに笑ったのは初《はじ》めてだ。
笑ったら、胸《むね》の奥《おく》があたたかくなってきた。おなかの底《そこ》の方から
ぐんぐん力がわいてくる。
「さくら」の手紙が、春を連《つ》れてきた！
明るい笑い声に包《つつ》まれながら、そう思った。

ローレライの夜

ぼくはひいおじいちゃんが苦手《にがて》だ。もちろん、最初《さいしょ》からじゃない。五年生ごろまでは、むしろ大好《す》きだった。

ひいおじいちゃんの名前は、風間総一郎《かざまそういちろう》。新聞をすみからすみまで読むことと、朝夕の散歩《さんぽ》が日課で、真ん中がへこんだ白い帽子《ぼうし》を目深《まぶか》にかぶり、杖《つえ》をつきながらゆったりと歩く姿《すがた》は、ひ孫《まご》のぼくから見てもなかなか格好良《かっこうよ》かった。

ひいおじいちゃんが変《か》わり始めたのは、去年、ひいおばあちゃんが亡《な》くなってからだ。あまりしゃべらなくなり、お洒落《しゃれ》もしなくなった。それでも、身のまわりのことはできるし、ときどき思い出したように、「和也《かずや》、勉強してるか？」なんて話しかけてくれたりもしていたので、それほど気にしていなかった。

大きく変《か》わったのは、今年に入ってからだ。ときどきわけのわからないことを言ったり、したりするようになった。ママを「母さん」なんて呼《よ》んだりするんだ。パパに言わせると、ひいおじいちゃんはときどき「昔に帰ってしまう」らしい。ひいおじいちゃんの中では、ママは「母さん」で、パパは「サクジ」ってことになっている。サクジさんというのは、戦争中《せんそうちゅう》に亡《な》くなったおじいちゃんの末《すえ》の弟だそうだ。「お母さん」から、すんなり「お父さん」といかないところが不思議《ふしぎ》だ。でももっと不思議なのは、ぼくのことだ。

ひいおじいちゃんはぼくをときどき「サガワ」って呼ぶ。「和也《かずや》だよ」って何度も言うんだけど、「うんうん。そうだな、サガワ」って。いちばん困《こま》るのは、昼夜関係《かんけい》なく外に出ようとすることだ。「行かなきゃ」って。「どこへ？」って聞いたら、「ガッコウ」だって。

夜中にお年寄《としよ》りがひとりで出歩くのは危《あぶ》ない。さらにひいおじいちゃんには、右足を引きずる癖《くせ》がある（赤ちゃんのころに大きな病気をした後遺症《こういしょう》だそうだ）。「転んだらたいへん」ということで、最初《さいしょ》のころはおじいちゃんがひとりで外出しないように気をつけていた。

でも最近《さいきん》はちょっとあきらめモードに入ってきて、「とりあえず春休みの間だけでも、好《す》きなようにさせよう」ってことになった。

なぜ、春休みだけ？　答えは簡単《かんたん》、ひいおじいちゃんの散歩係《さんぽがかり》にぴったりの人間がいたからだ。……ぼくだ。

パパは会社だし、ママには図書館のパートがある。この家で暇《ひま》なのはぼくだけってことで任命《にんめい》された。不満《ふまん》はあるけど、新しいゲーム機《き》を買ってもらう約束《やくそく》をとりつけて、請《う》け負《お》うことにした。

ひいおじいちゃんの散歩係になって、ひとつわかったことがある。それは、ひいおじいちゃんが言う「ガッコウ」が、近所にある国立大学《こくりつだいがく》だったということだ。この街《まち》の人ならだれでも知っている国立大学、そしておじいちゃんの母校でもある、北東大学《ほくとうだいがく》だ！

明治時代《めいじじだい》にできたというこの大学は、ぼくらの街のシンボルだ。

医学部《いがくぶ》、文学部、理学部、農学部《のうがくぶ》などいろいろな学部があって、街《まち》のあちこちに点在《てんざい》している。ぼくの家の近くには、三つあるキャンパスのうちのひとつ、古いレンガ造《づく》りの建物《たてもの》や年代ものの木造《もくぞう》の建物が立ち並《なら》んでいる片平《かたひら》キャンパスがある。ここでどんな研究《けんきゅう》がおこなわれているのかはわからないけど、近所の人たちは、緑に包《つつ》まれた構内《こうない》を散歩《さんぽ》したり、繁華街《はんかがい》に向かう近道として利用《りよう》している。

ひいおじいちゃんは、ときどき立ち止まったり空を見あげたりしながら、ゆっくりと大学の南門を目ざした。ここから入って、北門にぬけるのが繁華街へのいちばんの近道だ。

迷《まよ》いなく南門をくぐると、ひいおじいちゃんはわき目もふらずに北へと向かった。そして、北門を出た。

（どういうこと？　ひいおじいちゃんのガッコウって、北東大学《ほくとうだいがく》じゃないいんだろうか？　もしかして昔かよっていた小学校とか？）

考え考え歩いていたら、ひいおじいちゃんが足を止めた。

（え？　ここって……）

そこは北東大学の一部にはちがいないが、ちょっと意外《いがい》な場所だった。大学の北門前にある学生食堂《がくせいしょくどう》、通称《つうしょう》『北門食堂《きたもんしょくどう》』だ。

この食堂は、北東大学のなかでもとびぬけて古い、木造平屋建《もくぞうひらやだ》ての学生食堂（略《りゃく》して学食）だ。『ノース・ゲート・レストラン』なんて呼《よ》ぶ人もいるけど、ところどころペンキがはげて、灰色《はいいろ》の板がむき出しになっている姿《すがた》は、まるで映画《えいが》のセットみたいだ。

ひいおじいちゃんは一段《だん》高くなっている学食の敷地《しきち》に足を踏《ふ》み入れると、食堂《しょくどう》ではなく庭に向かった。

建物《たてもの》の前には、小さな芝生《しばふ》の広場があるのだ。そしてその縁《ふち》には大きな桜《さくら》の木が五本ほどあって、花の季節《きせつ》にはちょっとしたお花見スポットになる。天気がいい日には、学生や近所の人たちが花の下でお弁当《べんとう》を広げる姿が見られるし、夜桜《よざくら》を楽しむ人もいる。

ひいおじいちゃんは、迷《まよ》うことなく一本の桜の木に歩み寄《よ》った。五本あるうちの真ん中の木だ。黒い幹《みき》に両手をのばした。それからゆっくりとその枝先《えださき》を見あげた。桜は、まだ咲《さ》いていない。ぼくらの街《まち》に桜前線《さくらぜんせん》がやってくるのは、毎年四月に入ってからだ。

ひいおじいちゃんは、何かつぶやいた。それからポンポンと桜の幹《みき》をたたくと、まわれ右！　をして歩き出した。北門食堂《きたもんしょくどう》を出て北門をくぐり、南門をぬけて、ぼくんちのある住宅街《じゅうたくがい》へ――。

ガッコウ（本当のところは学食だけど）に行って、桜を見あげてぶつぶつ言って、まわれ右！　をして帰る。ひいおじいちゃんはそれを、来る日も来る日もくり返した。もちろん、散歩係《さんぽがかり》のぼくもだ。少し間をあけながら、その背中《せなか》を追いかけ続《つづ》けた。

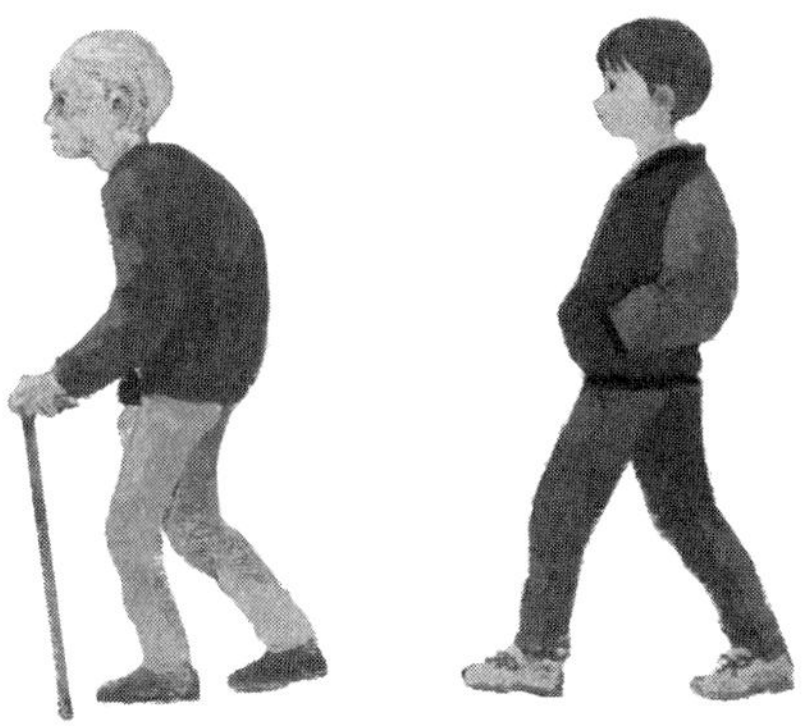

変化《へんか》が現《あらわ》れたのは、三月も終わり、桜《さくら》のつぼみがふくらみ始めたころだった。一日一度の散歩《さんぽ》では満足《まんぞく》しなくなくなったみたいで、午前中に行ったのに、また午後にも行きたがるようになった。

「春休みの間だけは、ひいおじいちゃんの好《す》きにさせてあげよう」

というのが我《わ》が家《や》の方針《ほうしん》だったから、ぼくも素直《すなお》につき合った。

それは北門食堂《きたもんしょくどう》の桜が、ポップコーンがはじけるようにポポポポポン！　と咲《さ》いた日の晩《ばん》のことだった。ぼくは、ガチャッという物音で目を覚《さ》ました。うっすらと目を開けると、カーテンのすき間から青白い月の光が差《さ》しこんでいる。すると、また物音がした。

（ひいおじいちゃんだ！）

とっさに、手近にあったダウンジャケットを羽織《はお》って部屋をとび出した。玄関《げんかん》をのぞくと、案《あん》の定《じょう》ドアが開いている。一瞬《いっしゅん》、パパとママを起こそうかと思ったが、やめておいた。

（ここで手柄《てがら》を立てて、ゲーム機《き》にゲームソフトをつけてもらうのも悪くないぞ）と考えたのだ。

外に出ると満月《まんげつ》だった。あたりは懐中電灯《かいちゅうでんとう》もいらないくらい明るかった。ひいおじいちゃんの姿《すがた》はすでに見えないが、あせることはない。たぶん……いや、絶対《ぜったい》に北門食堂《きたもんしょくどう》に向かったはずだから。

行ってみると、思ったとおり。ひいおじいちゃんは例《れい》の桜《さくら》の木の下にいた。いつものように幹《みき》をポンポンとたたいて、いつものようにまわれ右！　を……しなかった。そのまま、桜《さくら》の根もとに座《すわ》りこんだ。そして、じっとあたりを見まわした。まるでだれかを待っているみたいに。

（こんな夜中に、いったいだれを待ってるんだろう）

ぼくは北門食堂《きたもんしょくどう》の入口にある、プラタナスの木の陰《かげ》に隠《かく》れて見守ることにした。――そのときだ。

ポン！　と背中《せなか》をたたかれた。心臓《しんぞう》が、ギュン！　と縮《ちぢ》んだ。

おそるおそるふり返った。

そこにいたのは、詰襟《つめえり》の学生服を着た男の人だった。

「よう！」

笑《わら》っている。親しげに。

（だれ？）

もちろん知らない顔だ。

（高校生？　にしては大人っぽいな。それに、学生服もかなり古臭《ふるくさ》い感じだし。なんか怪《あや》しいぞ）

頭の中で、警戒《けいかい》！　警戒！　とアラームが鳴っている。なのに、

「よう、ひさしぶり！」

その人は笑顔《えがお》のままでそう言った。そして、こう続《つづ》けた。

「心配してたんだけど、おまえもちゃんと来てくれたんだな。よかった、よかった。カザマもきっと喜《よろこ》ぶぞ。じゃ行くか！」

返事する間もなく、肩《かた》を組まれた。

（カザマ？　カザマって……）

考えている間に、ひいおじいちゃんの前に連《つ》れ出されてしまった。

ひいおじいちゃんは桜《さくら》の根もとに座《すわ》ったまま、ぼくらを見あげて
ぽかんとしている。――やがて、口を開いた。

「オオウチ、来てくれたのか……」

しぼり出すような声。

「おう。約束《やくそく》だからな！」

オオウチと呼《よ》ばれた男の人は、クシャッと笑《わら》った。そして、ぼく
の両肩をつかんでぐいっと前に押《お》し出した。

「そこでサガワにもばったり会ったんだ。な、サガワ！」

ひいおじいちゃんの目が、ゆっくりとぼくを見た。

「……サガワ」

つぶやくと、ふらりと立ちあがった。

「来てくれたのか。約束《やくそく》……覚《おぼ》えていてくれたんだな」

目に涙《なみだ》まで浮《う》かべている。

「おれを……許《ゆる》してくれるか？」

こんな悲しそうなひいおじいちゃん、見たことがない。

思わずうなずきそうになった。が、思いとどまった。本物のサガワさんでないぼくが、簡単《かんたん》にうなずいてしまっていいわけがない。

「……サガワ」

ひいおじいちゃんに、悲痛《ひつう》な声で呼《よ》びかけられた。

(何か言わなきゃ。でも何を？)

とりあえず口を開こうとしたところに、

「もういいじゃないか、カザマ」

オオウチさんが割《わ》って入ってくれた。

「サガワも来てくれたんだ。それが答えだよ」

「オオウチ……」

「そんな情《なさ》けない顔するなって」

「……でも」

「まあ、そうは言ってもおれだって、『なんでおまえだけが』『どうしておれたちばかりが』って思ったこともあったけどな」

「おれは……」

「おまえのせいじゃないさ。そんなこと、おまえに言っても仕方がないってわかっていたよ。な、そうだよな、サガワ」

思わずうなずいてしまった。

「なあ、カザマ。いい時代になったなぁ」

オオウチさんが、満開《まんかい》の桜《さくら》を見あげながらつぶやいた。

「若者《わかもの》が生きたいだけ生きられる。学べる。好《す》きなことを思いっきりできる。いい時代だ。いい時代だよ。……な、サガワ」

オオウチさんが言っていることの半分もわからなかったけど、とにかくうなずいた。力いっぱいうなずいた。

ポロリ。ひいおじいちゃんの目から涙《なみだ》がこぼれ落ちた。

「ともあれ、これで三人そろったな。じゃあ、始めるか！」

オオウチさんの言葉に、ひいおじいちゃんが小さくうなずいた。

そして、桜《さくら》の根もとに腰《こし》を下ろした。その横に、ぼくも腰を下ろした。サガワさんとして。

それは、不思議《ふしぎ》なお花見だった。だれもひと言もしゃべらない。静《しず》けさを味わうように、その時間をいとおしむかのように、ただじっと桜を見あげているだけだ。

どれくらいそうしていただろう。ふいに、オオウチさんが口笛《くちぶえ》を吹《ふ》き始めた。――聞いたことのある曲だ。

すると、ひいおじいちゃんがおもむろに歌い出した。

♪なじかは知らねど　心わびて……

あっ！　と思った。『ローレライ』だ。

ぼくが小さかったころ、ひいおじいちゃんがひいおばあちゃんといっしょによく口ずさんでいた歌だ。ひいおばあちゃんが亡《な》くなってからは歌わなくなっていたけど、ちゃんと覚《おぼ》えていたんだ。

♪昔のつたえは　そぞろ身にしむ

耳を傾《かたむ》けているうちに、不思議《ふしぎ》なことがおこった。ぼくの頭の中に、映像《えいぞう》が浮《う》かんできたのだ。

桜吹雪《さくらふぶき》の中で学生が三人、肩《かた》を組んで笑《わら》っている場面だ。みんな蜂《はち》のバッジがついた真新しい学生帽《がくせいぼう》をかぶっている。学生はもちろん、ひいおじいちゃんとオオウチさんと、たぶんサガワさんだ。

それから、芝生《しばふ》に本を広げて熱心《ねっしん》に話し合っている場面。木洩《こも》れ日《び》を浴《あ》びながら三人が頭を並《なら》べて寝転《ねころ》ん

でいる場面。パラパラ漫画《まんが》のように、場面は次々と変《か》わっていく。照《て》れ笑《わら》いを浮《う》かべるサガワさんを、ほかのふたりが冷《ひ》やかしている場面もあった。むこうからセーラー服を着た小柄《こがら》な女の人が歩いてくる。その人はバイオリンのケースを胸《むね》に抱《かか》え、三人の前を小走りに通りすぎていった。

それから、女の人のバイオリンに合わせて、三人が真面目《まじめ》な顔で歌っている場面。バイオリンを弾《ひ》きながら、女の人がひいおじいちゃんを見つめている。丸顔で目が大きくて……。だれかに似《に》てると思ったら、ひいおばあちゃんだった。

ひいおばあちゃんの熱《あつ》い視線《しせん》に、ひいおじいちゃんは気づかない。気づいたのは、サガワさんだった。サガワさんはちょっとだけ悲しそうに空を見て、すぐまた大きな声で歌い始めた。

くったくのない笑顔《えがお》の場面がいくつか続《つづ》いたあと、画面から急に色が消えた。それは桜《さくら》の木の下で、ひいおじいちゃんがオオウチさんとサガワさんの前で泣《な》いているシーンだった。

学生服のズボンの裾《すそ》に包帯《ほうたい》のようなものを巻《ま》き、学生帽《がくせいぼう》をかぶったふたりは「またここで会おう」「桜の季節《きせつ》だ」「花見をしようぜ」と口々に言って笑《わら》った。『学徒出陣《がくとしゅつじん》』という言葉が浮《う》かんできた。

ずっと前、戦争《せんそう》の映画《えいが》を観《み》ていたときに、ひいおじいちゃんが教えてくれた言葉だ。「第二次世界大戦《だいにじせかいたいせん》のなかばすぎ、『学徒出陣』といって大学生も戦争《せんそう》に行かされることになったんだ。北東大学《ほくとうだいがく》からも二千人以上《いじょう》の大学生が戦場《せんじょう》に送り出されたんだよ」と。

ひいおじいちゃんは、足が悪かったので戦争には行かなかった。

「よかったね」と言ったら、黙《だま》りこんでしまったっけ。

桜《さくら》の木のシーンを最後《さいご》に、映像《えいぞう》は消えた。


「来年もまた会えるかな……」

ふいにひいおじいちゃんが口を開いた。歌は終わっていた。

「もちろんさ！」

オオウチさんが力強く答えた。ぼくもサガワさんとして何か言いたかった。けど、何を言えばいいのかわからない。

考えに考えて、とっさに出たのはこんな言葉だった。

「あ、あのさ、記念《きねん》に写真を撮《と》らない？」

「ん？」という顔で、ふたりがふり返った。

「ぼく、スマホを持ってるんだ」

オオウチさんは首をかしげている。あたり前だ。

「とにかく、写真を撮ろうよ。……あ、あれ？」

ジャケットのポケットに、スマホがない！

「ごめん、忘《わす》れてきちゃったみたい。急いで家からとってくるからさ、ここで待ってて。絶対《ぜったい》ここにいてよ」

言うなり、ぼくは走り出した。

北門をくぐろうとしたところで、いきなり人がとび出してきた。

オオウチさんと同じ学生服を着た男の人だ。

「大丈夫《だいじょうぶ》か？　ケガはないか、坊《ぼう》や？」

よけそこなって前のめりになったぼくの右腕《みぎうで》を、その人がぐいっと引きあげてくれた。見覚《みおぼ》えのある顔だった。よく見ると、ぼくと同じ右目の下に、小さなホクロがある。

（そうか、これかぁ）

ひいおじいちゃんがぼくを「サガワ」と呼《よ》ぶわけがわかった。

「悪かったな。ちょっと急いでいたから」

「いいんです。早く、早く行ってください」

ロが、勝手に動いていた。「ふたりが待ってますよ」と。

サガワさんは一瞬《いっしゅん》「えっ？」という表情《ひょうじょう》を浮《う》かべたが、すぐに「じゃあな！」と言って走り出した。

バタバタという足音が、北門食堂《きたもんしょくどう》の方へと消えてゆく。追いかけようかと思ったが、やめておいた。邪魔《じゃま》をしてはいけない。ここから先は、ひいおじいちゃんたちだけの時間だ。

歩き出したところで、背中《せなか》から歌声が聞えてきた。

♪なじかは知らねど　心わびて……

ひいおじいちゃんはいろんなことを忘《わす》れちゃったけど、友だちとの約束《やくそく》だけは忘《わす》れなかった。そう思ったら、胸《むね》が熱《あつ》くなってきた。

なんだかうれしくなってきた。

（ひいおじいちゃんって、いいヤツじゃん！）

これからはごほうびなしでも散歩係《さんぽがかり》を引き受けようと思った。ぼくのことを、「サガワ」って呼《よ》んでもかまわない。むしろ、その方がひいおじいちゃんのためにはうれしい。

たぶん、オオウチさんとサガワさんは戦争《せんそう》に行ったんだ。そして帰ってこなかった。ひいおじいちゃんだけが生き残《のこ》り、サガワさんが好《す》きだった人（ひいおばあちゃんだ）と結婚《けっこん》した。ひいおじいちゃんは、ずっとそのことを気にしていたのだろう。

三人それぞれ、いろんな思いがあっただろうに、それでも、今夜ああして集まった。――約束《やくそく》どおり。友だちだから。

♪うるわし　おとめの　いわおに立ちて……

歌はいつのまにか、ぼくの知らない二番に入っていた。

ふり返ると、北門食堂《きたもんしょくどう》の満《まん》開《かい》の桜《さくら》が月の光を浴《あ》びて、ひときわ白く輝《かがや》いていた。

山の種《たね》

「陽斗《はると》、着いたぞ」

「車では近づくことができないから、少し遠いけど歩くわよ」

「お兄ちゃん、早く！」

うしろの座席《ざせき》に座《すわ》りこんだまま動かないぼくに、みんながかわるがわる声をかけてくれる。けれど、動けない。お腹《なか》のあたりがスースーして、力が入らない。

「大丈夫《だいじょうぶ》？」

お母さんが、心配そうにぼくを見つめている。

「大丈夫だよ、ちょっと車に酔《よ》っただけ」

顔をしかめて胸《むね》のあたりをさすってみせる。……いいよね、これぐらいの嘘《うそ》は。

「お父さんたちは浜《はま》の方まで行ってみるけど、陽斗《はると》は休んでるか？」

「うん、そうする」

お父さんと手をつないだ百音《ももね》が、何か言いたそうな顔でぼくを見ている。四つ下で、新学期が始まったら二年生になる百音の服は、お気に入りのピンク一色だ。四月に入ったとはいえ、ところどころにまだ瓦礫《がれき》が残《のこ》っている景色《けしき》の中ではかなり目立っている。

「百音、お兄ちゃんのかわりに見てきて。日和山《ひよりやま》がどうなってるか」

言ったとたんに、お腹《なか》の底《そこ》がまた冷《ひ》えた。

「ごめんね陽斗、お母さんの取材《しゅざい》につき合わせちゃって。できるだけ早く終わるようにするからね」

「仕事だもん、仕方ないよ」

「車のカギは開けとくから、少し外に出て風にあたるといいわ」

そう言うとお母さんは、デジカメとノートを手に歩き出した。

去年の三月、ぼくらが暮らす街《まち》で、大きな地震《じしん》と津波《つなみ》がおこった。

フリーライターをしているお母さんは、その翌月《よくげつ》から『被災地《ひさいち》での日々』というタイトルで、地元の新聞にコラムを書くようになった。

次のテーマは、「日和山《ひよりやま》」らしい。

日和山というのは、街を東西に流れる七尾川《ななおがわ》が、太平洋《たいへいよう》へと注ぐ河口《かこう》にあった山だ。標高《ひょうこう》はたった六メートル。てっぺんには、小さな祠《ほこら》と、その祠を守るように、松《まつ》の木と桜《さくら》の木が生《は》えていた。

日和山《ひよりやま》のまわりは「七尾干潟《ななおひがた》」といって、野鳥や水辺《みずべ》の植物を観《かん》察《さつ》することができる名所になっていた。標高《ひょうこう》は低《ひく》いけれど見晴らしはいいので、日和山は知る人ぞ知る〝初日の出《はつひので》スポット〟だった。ぼくの家でも、元旦《がんたん》の朝は日和山の祠にお参《まい》りして、初日の出に手を合わせるのが習慣《しゅうかん》になっていた。

ゆうべお母さんに「日和山に行く」と聞かされたとき、ぼくは「どうして日和山なの？」と聞き返した。日和山なんて、だれも気にかけていないだろうと思ったからだ。お母さんは、こう答えた。

「我《わ》が家《や》にとって大切な場所だからよ。陽斗《はると》はそう思わない？」

「……思うけど」

「お母さんの役目は、陽斗《はると》や百音《ももね》、おじいちゃんやおばあちゃんみたいに、この街《まち》でふつうに暮《く》らしている人たちが、今、何を感じ、どういう思いですごしているのかを伝《つた》えることだと思うのよ」

「でもさ、なぜ今なの？　震災《しんさい》からもう一年以上《いじょう》すぎたのに。大切な場所なら、もっと早くに行けばよかったじゃん」

「本当のことを言うとね、震災のすぐあとは日和山《ひよりやま》のことなんて思い出しもしなかった。でも、時間が経《た》つにしたがって、ふいに思い出すようになったの。どうなったか気にはなったけど、たしかめる勇気《ゆうき》がなかった」

ドキッとした。ぼくも同じだったからだ。

最近《さいきん》、よく思い出すんだ。前におじいちゃんたちと行った小さな浜《はま》のこととか、捕鯨《ほげい》のまちのミュージアムのこととか、海の近くの温泉《おんせん》のこととか。「楽しかったなぁ」と思い出して、ハッとする。あんなに海に近かった場所が、無事《ぶじ》だったわけないじゃないか、と。

「みんなが『はやく復興《ふっこう》を』と言うけれど、なかなか動き出せない人もいる。次に向かうためには、何かきっかけが必要《ひつよう》なんだと思う。それにはまず自分がいちばん大切に思っていた場所がどうなったかを、しっかり受け止めることなんじゃないかってお母さんは思うの。……ちょっとつらいことだけどね」

お母さんは、自分に言い聞かせるようにつぶやいた。

車の窓《まど》から、お父さんの紺色《こんいろ》のシャツと百音《ももね》のピンク色のパーカー、お母さんの白いジャケットが、そろって海へと歩いていくのが見える。みんなの足もとには草が芽吹《めぶ》き、海は穏《おだ》やかに輝《かがや》いている。

——何事もなかったかのように。

眺《なが》めているうちに、胸《むね》がチリチリと痛《いた》んできた。

「ちょっとつらいことだけどね」とお母さんは言ったけど……。

「ちょっとじゃないよ、ものすごくだよ！」

つぶやいて、車から降《お》りた。そして、改《あらた》めてあたりを見まわした。

七尾干潟《ななおひがた》へと続《つづ》く道路沿《ぞ》いにあった集落は、家の土台だけを残《のこ》して、すっかりなくなっている。そしてそのむこうには、荒《あ》れ野《の》と海が広がっている。

干潟まで、数百メートル。前はこの位置《いち》から海なんか見えなかった。まず松林《まつばやし》、それから日和山《ひよりやま》。そのむこうに一面の葦原《あしはら》が広がっていて、海は遠くに、ほんのちょっぴり見えている程度《ていど》だった。

今、海はまっすぐ見通せている。日和山は……、ない。

たしかめたとたんに、涙《なみだ》がこみあげてきた。

地震《じしん》のときもそのあとも、涙なんて出なかったのに。

震災《しんさい》のすぐあとは、自分が体験《たいけん》したことについて友だちといろいろ話した。けれど最近《さいきん》は、なんとなく避《さ》けるようになってきている。

「忘《わす》れたい」という気持ちが、ちょっぴりある。でも、「それで本当にいいのかな？」とも思う。

考えると、頭の中がぐちゃぐちゃになってくる。

景色《けしき》をぼんやり見つめていたら、ポン！　と肩《かた》をたたかれた。

ふり返ると、小柄《こがら》なおじいさんが立っていた。

「どうした、坊主《ぼうず》？」

明るいグレーの作務衣《さむえ》に、淡《あわ》いピンク色の半纏《はんてん》を羽織《はお》ったおじいさんが、ぼくをじっと見つめている。

「どうした？　泣《な》いているのか？　どうして泣いてる？」

……答えられない。そんなこと、ひと言で言えるわけない。

「おまえさんひとりか？　親はどうした？」

ぼくは、海の方を指さした。

「ああ、干潟《ひがた》の方に行ったのか。干潟もすっかり流されてしまったよ。……知ってるか？　あそこには、日和山《ひよりやま》という山があったんだ」

「日和山《ひよりやま》」と聞いたとたんに、また涙《なみだ》がこみあげてきた。

「そうか。坊主《ぼうず》は日和山を知っているのか。泣《な》いてくれる人がいて
日和山もさぞ喜《よろこ》んでいることだろうよ」

「えっ？」

顔をあげると、顔をくしゃくしゃにして笑《わら》っている。

「日和山はいい山だった。大事な山だった」

しみじみ言うとおじいさんは、日和山があったあたりを見つめた。

「坊主、知ってるか？　なぜ『日和山』と呼《よ》ばれていたのか」

涙をぬぐって、首をふる。

「日和というのは、天気のことだ。天気の変化《へんか》を見るための山だか

ら『日和山《ひよりやま》』と呼《よ》ばれていたんだ。こういう山は全国各地《かくち》にあった。巻石《まきいし》や浜上《はまあげ》にもあった」

ニュースで見た覚《おぼ》えがある。あのころ、津波《つなみ》から逃《のが》れた人たちが巻石の日和山に避難《ひなん》した映像《えいぞう》が何度も流されていた。

「日和山はたいてい、港に近い場所にあるものなんだ」

「……港？」

「昔はあったんだ、この七尾《ななお》にも。いろんな魚が獲《と》れたんだぞ」

おじいさんは、自慢《じまん》そうに胸《むね》をはった。

「漁師《りょうし》にとって日和山は大切な山だった。漁は天気次第《しだい》だからな。でも、日和山は、もとからここにあった山ではなかった」

「えっ？　それってどういうことですか？」

「七尾《ななお》の日和山《ひよりやま》は『築山《つきやま》』といって、人の手でつくられた山だったんだ」

「つくられた……山？」

「そうだ。天気を見たり、船の出入りを確認《かくにん》したり、魚の群《む》れを見つけるために、このあたりの人たちがつくったんだ。明治時代《めいじじだい》……今から百年以上《いじょう》も前の話だ」

「どうりで低《ひく》いと思った」

「低くても、ちゃんと松《まつ》や祠《ほこら》があっただろう？　ほとんどの日和山には、沖《おき》からも見える松と、大漁《たいりょう》と船の安全を祈《いの》る祠、それから方角を示《しめ》す石があるものなんだ」

「ぼく、もっとずっと昔、大昔からあった山だと思ってました」

「ははは。そんなふうに思ってもらえて、日和山《ひよりやま》も誇《ほこ》らしかろう。しかし坊主《ぼうず》、もっとおどろくことがあるぞ。じつはこの日和山は、一度津波《つなみ》で流されたのだ」

いきなり「津波」という言葉が出てきて、心臓《しんぞう》がギュッとなった。

「つくられてから二十年も経《た》たないころだった。その翌年《よくとし》に、このへんの人たちはもう一度日和山をつくった。船が進む方向を決める目印《めじるし》にするためだけではない。津波や台風《たいふう》の被害《ひがい》を防《ふせ》ぐため、つねに沖《おき》を見て波や風の具合をたしかめられるようにと考えたのだ」

「ってことは、ぼくが毎年元旦《がんたん》にのぼっていた日和山《ひよりやま》は……」

「二代目だ。このへんの人たちは、力を合わせて土を運び、新しい日和山を築《きず》いた。そして『記念《きねん》に』と、松《まつ》だけでなく桜《さくら》も植えた」

「山って、つくれるものなんですね」

なんだか不思議《ふしぎ》な気がした。自然《しぜん》に生《は》えているものだと思っていたあの松や桜も、人の手が植えたものだったなんて。

「坊主《ぼうず》、ちょっと行ってみないか？」

言うなり、おじいさんが歩き出した。

「え、でも……」

「いいものを見せてやる」

迷《まよ》いのない足どりで、おじいさんが海に向かって歩いていく。

「このあたりには大きな集落があった。……ああ、あのあたりだ」

おじいさんが指さしたのは、干潟《ひがた》の北の方だった。でも……。

家などない。何もない。あるのはただ、枯《か》れかけた竹藪《たけやぶ》だけだ。

「このあたりの農家は、ときどき魚を獲《と》ったりもしていた。どこの家でも小さい船を持っていて、米や野菜《やさい》を育てながら漁《りょう》に出ていた。おれはそんな暮《く》らしを、長い間ずっと見てきた。日和山《ひよりやま》から」

そうか、と思った。このおじいさんも、ぼくやぼくの家族と同じく、日和山を大切に思っていた人だったんだ、と。

「このへんには、多いときには千軒《けん》近い家があって、四千人あまりの人が暮《く》らしていたんだ」

覚《おぼ》えている。元旦《がんたん》に日和山《ひよりやま》に来るときはいつも、家がびっしりと立ち並《なら》んだ古い街並《まちな》みをぬけてきたから。

「神社のお祭りや運動会といった行事がたくさんあったが、なかでもみんなが楽しみにしていたのが、日和山でのお花見だった」

「日和山で？　お花見？」

「そうだ。春、桜《さくら》の下に集まって、持ち寄《よ》ったごちそうを食べるのが集落の人たちの楽しみだったんだ。しかしあの津波《つなみ》で……」

それっきり、おじいさんは黙《だま》りこんだ。そして、荒《あ》れたデコボコ道を足に力をこめて、ずんずん歩いていく。

津波《つなみ》は家や集落だけではなく、人の暮《く》らしも流してしまったんだ。

唇《くちびる》をかみしめて、ぼくはおじいさんの背中《せなか》を追いかけた。

「ほら、坊主《ぼうず》、見てみろ」

おじいさんは堤防《ていぼう》の近くで足を止めた。日和山《ひよりやま》があったあたりだ。

そこには、震災《しんさい》前にはなかったものがあった。「日和山」と書かれた真新しい看板《かんばん》だ。看板には、「一日も早い復興《ふっこう》を」とか「日和山がんばれ」とか、たくさんのメッセージが書きこまれている。

日和山を大切に思っていた人がこんなにいたんだ！

そう思ったら、胸《むね》が熱《あつ》くなってきた。

「ほら坊主、こっちだ。こっちも見てくれ」

顔をあげると、おじいさんが看板《かんばん》のむこうでニコニコしている。ニコニコしながら、足もとを指さしている。

――それは、小さな石の山だった。

ピンポン玉ぐらいのものからバレーボールぐらいのものまで、さまざまな大きさの石が、三角形に積《つ》みあげられている。

「ここに、これを……」

おじいさんは作務衣《さむえ》のふところから大事そうにソフトボールぐらいの大きさの石をとり出すと、「こうするんだ」と言いながら、山のてっぺんにそっとのせた。山は、石一個《こ》分だけ高くなった。

「山の種《たね》だ」

へへっと笑《わら》って、おじいさんはしゃがみこんだ。そしてそれきり、黙《だま》ってしまった。

山を見つめる肩《かた》が、小さくふるえている。なんと声をかけたらいいかわからないまま、ぼくはおじいさんが置《お》いた石を見つめ続《つづ》けた。

どれくらいそうしていただろう。

「お兄ちゃーん!」「はるとーっ!」

風の中から、ぼくを呼《よ》ぶ声がした。ふり返ると、いつのまに戻《もど》ったのか、お母さんたちが車のところにいた。

「お兄ちゃーん、行くよぉー」

ピンクのかたまりが、ピョンピョン跳《は》ねながら手をふっている。

「今行くー！」

答えて、ぼくはおじいさんの背中《せなか》に声をかけた。

「おじいさん、……ぼく帰るね」

おじいさんは、動かない。

仕方なく、「じゃあね」と、声をかけて歩き出す。

歩きながら、考えた。

おじいさんは信《しん》じている。新しい日和山《ひよりやま》ができることを。そして
願《ねが》っている。またお花見ができる日が来ることを。

一日も早くその日が来てほしい。桜《さくら》の木の下でお花見をして、「生

きていてよかった」と笑《わら》ってほしい。

そのために、ぼくにできることはないだろうか？

考えていたら、足もとの小石が目に飛《と》びこんできた。

――そうだ！

「おじいさーん」

ふり返って、叫《さけ》んだ。

おじいさんはまだ石の山の前にしゃがみこんでいる。

「ぼく、また来るよ。山の種《たね》を持ってくる！」

おじいさんが、顔をあげた。

「ぼく、絶対《ぜったい》にまた来る。桜《さくら》の種と、松《まつ》の種も持ってくる！　何度も来るよ。新しい日和山《ひよりやま》ができるまで！」

おじいさんが立ちあがった。顔をくしゃくしゃにして、手をふっている。泣《な》いているのか、笑《わら》っているのかわからない。けれど、力いっぱいふっている。――その姿《すがた》が、だんだん薄《うす》れてゆく。

「え？」

おじいさんの姿が薄れていくのとは反対に、ゆっくりと桜《さくら》の木が姿を現《あらわ》した。

枝《えだ》いっぱいに薄紅色《うすべにいろ》の花をつけた桜が、海風に吹《ふ》かれて枝を揺《ゆ》らしている。

まるで、手をふっているみたいに。

見とれていたら、やがて桜《さくら》の姿《すがた》も薄《うす》れ始めた。すっかり見えなくなる瞬間《しゅんかん》、「頼《たの》んだぞ」と聞こえたような気がした。

いくつもの時代を生きてきた桜《さくら》や、
ひとに深く愛《あい》された桜は、
ときに不思議《ふしぎ》や奇跡《きせき》をおこす。

あなたがこれから出合う桜も、
そんなあやかし桜《ざくら》かもしれない。

作／佐々木《ささき》 ひとみ

日立市出身。仙台市在住。『ぼくとあいつのラストラン』（ポプラ社）で椋鳩十児童文学賞受賞。（映画『ゆずの葉ゆれて』原作）、『ぼくんちの震災日記』（新日本出版社）で児童ペン賞童話賞受賞。作品に『兄ちゃんは戦国武将！』（くもん出版）、『エイ・エイ・オー！　ぼくが足軽だった夏』（新日本出版社）、『ストーリーで楽しむ伝記　伊達政宗』（岩崎書店）、『なのはないろの わたしのえ』（世界文化社）、『ひらりふわり　政宗さまの桜めぐり』（プランニング・オフィス社）、『みちのく妖怪ツアー』シリーズ（共著／新日本出版社）、『東北6つの物語』シリーズ（共著／国土社）などがある。日本児童文学者協会理事・日本児童文芸家協会会員。

絵／三上《みかみ》 唯《ゆい》

イラストレーター。東京都出身。独学でイラストを学び、装画やCDジャケットのアートワークなどを担当する。毎年、個展やグループ展を開催するなど、展示活動にも力を入れている。おもな作品に『沙羅の風』『動物たちのささやき』『すきまのむこうがわ』（国土社）、担当した装画に『街角ファンタジア』（実業之日本社）、『ぎょらん』（文庫版、新潮社）などがある。

休み時間で完結　パステル ショートストーリー
Cherry Blossom《チェリーブロッサム》
あやかし桜

作者／佐々木 ひとみ
画家／三上 唯

2025年3月15日　初版1刷発行

発　行　株式会社 国土社
〒101-0062　東京都千代田区神田駿河台2-5
TEL 03-6272-6125　FAX 03-6272-6126
https://www.kokudosha.co.jp
印刷・製本　モリモト印刷 株式会社

NDC913　184p　19cm　ISBN978-4-337-04142-4　C8393